Gabi Pertus, Begleitservice

Gabi Pertus

Begleitservice

Protokolle

konkursbuch
Verlag Claudia Gehrke

Inhalt

Für Th. R., den Unvergleichlichen

Nummer 1

Begleitservice – was machen die da? Alexandra liest eine Anzeige in der wöchentlichen Umsonst-Zeitung. »Service sucht Damen – Superverdienst.« Ein Anruf bringt Licht ins Dunkel. Da wird keiner irgendwohin begleitet, da wird Gleitgel verwendet. Es geht hier nur ums Ficken, Bumsen, Poppen oder wie es die Wissenschaft ausdrückt: Kopulieren für Geld. Alexandra wird neugierig: Kann sie das auch? Seit der Trennung von ihrem letzten Ehemann hat sie etwas herumexperimentiert und ihre Libido wiederbelebt. Das behütete Familienleben, ihr kleiner Familienbetrieb – ein Laden –, das tägliche Zusammenarbeiten, der in allem geteilte Alltag hatte in den letzten Jahren ihrer Ehe den Sex einschlafen lassen.

Was muss das für ein Gefühl sein, den Geschlechtsakt mit einem völlig fremden Mann zu vollziehen? Welche Rolle spielt das Materielle, was macht es mit einer Frau, ihre Dienste anzubieten? Wie sieht das Machtgefälle aus? Wie verhalten sich Männer, die Geld für Sex ausgeben? Was ist das überhaupt für eine Spezies? Wieso findet die kein weibliches Wesen für die schönste Sache der Welt?

Das probiere ich aus, denkt Alexandra, das ist eine Erfahrung, die ich noch nicht gemacht habe. Das will ich wissen. Mit der Agenturleiterin Barbara ist sie sich schnell einig. Der Name Veronika wird festgelegt. Ihre Eckdaten für die Kartei: 1,77 Meter groß. 64 Kilo schwer, lange blonde Haare, BH-Körbchengröße 75 C – so große Dinger sollen die Männer gar nicht mögen (das ist Alexandra neu) – halbrasiert – schon im fünfzigsten Lebensjahr stellten sich im oberen Bereich ihrer Schambehaarung kahle Flecken ein – also abrasieren, nur ein kleiner Busch bleibt stehen. Die Farbe Grau verändert sich in rötlich durch ein ständig benutztes Bräunungsmittel. Ihr Alter: neunundvierzig Jahre alt, obwohl Alexandra bereits zweiundsechzig ist (das merken die sowieso nicht, der Kommentar dazu). Alexandra ist eine attraktive Erscheinung mit einer jugendlich schlanken Figur. Sie wird immer jünger geschätzt. Ihre geschminkten Augen überstrahlen das ganze Gesicht. Auch die Tränensäcke sind kaum zu sehen. Als fünfundfünfzig geht sie gut durch – aber neunundvierzig?

»Ich sag's dir, da ist überall muschebubu, das merkt keiner«, meint Barbara, mit der sie inzwischen per du ist.

Als Beruf wird Schauspielerin angegeben, um den Einsatz am Tag erklären zu können. Normale Frauen arbeiten, Arbeitslose sind auch in diesem Gewerbe nicht so gern gesehen. Scheint anrüchig zu sein. Was bietet die Dame? Anblasen ohne Gummi (später stellt Alexandra fest, dass die Kunden diesen Ausdruck benutzen). Küssen kann man selbst entscheiden – Nutten sollen ja nicht küssen, heißt es. Ansonsten alles so etwa das, was Mutti macht. Anal? Nein, anal nicht. Natursekt, Natursekt auch nicht. Alexandra kann sich nicht vorstellen, über jemandem zu hängen und ihn anzupissen. Da könnte sie vor Schreck gar nicht. Reizwäsche, wenn gewünscht. »Und mach dir Gleitmittel unten dran, dann denken die, du bist schön feucht, und kommen eher« – so der Tipp von Barbara.

Sie bekommt einen Vertrag zugeschickt.

Sie sollten immer telefonisch erreichbar sein. Wir rufen Sie an und geben Ihnen die Telefonnummer eines Kunden durch. Sie verabreden einen Termin und den Treffpunkt mit dem Kunden und teilen uns dies mit. Wenn Sie einen verabredeten Termin nicht einhalten können, müssen Sie die Agentur verständigen.

Sie müssen sich regelmäßig medizinisch untersuchen lassen und uns eventuelle Krankheiten (Pilz, Geschlechtskrankheiten) melden.

Adressen und Telefonnummern von Kunden der Agentur dürfen Sie weder aufbewahren noch weitergeben. Auch dürfen Sie Kunden nicht privat kontaktieren. Bei Zuwiderhandlung wird eine Vertragsstrafe von 3000 Euro fällig. Nach Ihrem Ausscheiden aus unserem Unternehmen geben Sie keine internen Informationen und Daten an konkurrierende Unternehmen weiter. Bei Zuwiderhandlung wird Unterlassungsklage erhoben und Schadenersatzforderungen gestellt.

Es ist verboten, beim Kunden zu viel Alkohol oder Drogen zu konsumieren. Sie sollten immer in der Lage sein, umsichtig zu handeln. Wenn Sie beim Kunden sind, rufen Sie uns an und teilen uns die vereinbarte Dauer ihres Treffens mit. Nach Ablauf der durchgegebenen Zeit müssen Sie uns wieder anrufen, wenn der Termin beendet ist, aber auch, wenn Sie die Zeit verlängern wollen. Sollten Sie das nicht tun, rufen wir an. Sollten wir Sie nicht erreichen, benachrichtigen wir die Polizei. Die Kosten für überflüssige Polizeieinsätze übernehmen Sie.

Bringen Sie Kondome mit, denn oft haben die Kunden keine. Handtasche und Handy behalten Sie immer im Auge, Ihr Handy ist auch während des Termins nicht ausgeschaltet.

Sobald Sie beim Kunden eintreffen, lassen Sie sich den vereinbarten Betrag geben, bevor es zu Aktivitäten kommt.

Preise:
60 / 90 Minuten: 120 / 150 Euro
Verlängerung nach Ablauf der vereinbarten Zeit:
Je 30 Minuten: 50 Euro
Paar/ zwei Männer:
90 Minuten: 250 Euro
Ganze Nacht: Preis nach Absprache. Die Agentur erhält 25 Prozent vom ausgehandelten Betrag.

Alexandra hat ein Problem mit Zahlen. Ob sie sich das alles merken kann?

Sie muss ja nicht alles mitmachen. Sie kann sich nicht so richtig vorstellen, was man mit einem Paar macht. Wer wird da bedient, von wem wird sie bedient? Fummelt da einer oben und einer unten an ihr rum? Was hätte sie in diesem Falle zu tun? Alexandra hatte außerdem bisher noch nie das Bedürfnis, sexuell mit einer Frau zusammenzusein. Vielleicht schaut da einer bloß zu? Darauf wird sie sich nicht einlassen, beschließt sie, da fehlt ihr wohl auch die nötige Fantasie. Vielleicht sollte sie mal nachfragen. Ob es so etwas im Internet gibt? Doch sicher, da findet man doch einfach alles.

Sie beobachtet an sich, dass sie männliche Wesen auf der Straße taxiert und überlegt: Was wäre, wenn das der ist, mit dem du schlafen sollst? Bei manchen sehr hässlichen Exemplaren kommt ihr das Grausen und sie denkt: Alexandra, worauf hast du dich in deiner unstillbaren Neugier bloß wieder eingelassen? Wer weiß, wie dir das bekommt? Aber sie will es unbedingt wissen.

Alexandra hat den Vertrag noch gar nicht zurückgeschickt, da wird sie am Freitagnachmittag angerufen. Ob sie übernehmen könne. Der Typ will vorher essen gehen. Sie wird gleich angemahnt, dass auch diese Zeit bezahlt werden muss. Sie ruft den Mann an. Er sei auf der Autobahn, sie solle es gegen 16.00 Uhr versuchen, dann sei er zu Hause.

Nicht unsympathisch, die Stimme, selbstbewusst, souverän. Er müsse erst duschen (auf den Witz von Alexandra, dass sie das doch hoffe, reagiert er nicht). Nun geht's um die Kohle. Für drei Stunden 240 Euro. Er will die Zeit im Restaurant nicht bezahlen. »Du rufst da noch mal an«, gebietet er ihr. Muss wohl einer sein, der anderen was zu sagen hat, scheint dominant zu sein, denkt Alexandra. Muss sie aufpassen, dass er nicht mit ihr macht, was er will? Das werden wir schon sehen, denkt sie. Sie hat Selbstbewusstsein, sie wird ihn schon im Zaum halten. Er schlägt 18.00 Uhr vor, in einem Restaurant der gehobenen Klasse. Wo sie denn wohne, fragt er. Er könne sie abholen. Sie lügt. »Nee, hol mich lieber nicht ab wegen der Leute. Wir treffen uns vor der Gaststätte. Sag mir aber bitte deinen Namen und deine Adresse.«

Das passt dem Freier nicht. »Bernd Müller, Schillerstraße 2«, sagt er dann.

Ihre Wohnung liegt um die Ecke des vorgeschlagenen Restaurants, sie könnte zu Fuß hingehen. Als sie das beim Anruf in der Agentur äußert, sagt Barbara: »Bist du verrückt, du kannst doch nicht bei dem ins Auto steigen. Fahr mit deinem Fahrzeug hinterher. Du musst ja auch wieder nach Hause kommen.«

Das hatte Alexandra in ihrer Nervosität ganz vergessen.

Er komme in Jeans und Sakko, hatte er Alexandra mitgeteilt. Da muss ich mich wohl ein bisschen ordentlich anziehen, denkt sie und stellt sich vor, dass ein gut gekleideter älterer Herr erscheinen wird.

Duschen, Haare mit mehr Sorgfalt als sonst föhnen. Make-up, ganz schön dick aufgetragen. Alexandra hat einen Trick von Marlene Dietrich übernommen. Sie hält eine Kerze unter einen Teller, den Ruß benutzt sie dann als Lidschatten, soll verführerisch aussehen. Was soll sie anziehen? Sie will ja auch nicht overdressed sein, nuttig soll es aber auch nicht aussehen. Ein schwarzer, nicht allzu kurzer Rock, schwarze Strumpfhosen (die schwarzen halterlosen Strümpfe mit üppiger Spitze rollen sich beim Anprobieren kläglich zusammen, weil das Gummiband nach jahrelangem Herumliegen spröde geworden ist), Stiefel mit kleinem Absatz, ein durchsichtiges T-Shirt über einem schwarzen BH-Hemd. Sie findet sich attraktiv.

Die Zeit rückt immer näher. Alexandra wird aufgeregt. Wann fängt man denn mit dem Spiel an, wer gibt das vor, fragt sie sich. Kondome, sie hat verschiedene Größen in der Apotheke gekauft, teurer Spaß, Handy, alles da.

Eine Viertelstunde steht sie auf dem Parkplatz und beobachtet die Szene, versucht herauszufinden, wer es sein könnte. Dann sieht sie einen Mann von hinten, der sich suchend umschaut. Das muss er sein, denkt sie, steigt aus und geht auf ihn zu. Mein Gott, hat der ein komisches Gesicht, ist ihr erster Gedanke. Die Schweinsäuglein lassen ihn etwas dümmlich aussehen. Feine Garderobe ist das auch nicht gerade. Der Körper scheint in Ordnung zu sein, das, was man sieht, nicht sehr groß, aber kräftig und nicht fett.

Es wird mit Küsschen begrüßt und er nennt den Namen Alex. Sie hatte sich fast gedacht, dass das, was er ihr am Telefon gesagt hatte, nicht stimmte. Alexandra ruft in der Agentur an und teilt die vereinbarte Dauer mit.

Man nimmt Platz und schweigt. Allgemeinplätze wie Wetter, und dann hört es auch schon auf. Schweigen. Alexandra versucht, das Gespräch in Gang zu halten, fragt, wo er hergekommen sei. Es stellt sich heraus, dass er auf einem Schiff arbeitet, das etwa fünfhundert Kilometer entfernt in der Werft liegt. Er wollte nur etwas von zu Hause holen, deswegen sei er hier. »Du musst einen Job haben, bei dem du anderen was zu sagen hast«, stellt Alexandra zum Erstaunen ihres Gegenübers fest. Ja, er sei dort Chef. Das Gespräch entwickelt sich.

Noch mal geht es um das Honorar. Als Alexandra ihre Preisliste herausholt, zischt er wütend: »Steck das in die Tasche, wenn das einer sieht!« Er ist verärgert. Sie gesteht ihm, dass dies ihr erster Versuch sei, was er ihr garantiert nicht abnimmt, und macht den Vorschlag, dass sie ja wieder gehen könne. Ohne zu überlegen lehnt er das ab. Es wird noch ein ganz ordentliches Gespräch, bei dem Alexandra die Fäden in der Hand hält. Als sie – klapp-klapp-klapp – zur Toilette geht, scheinen ihm ihre Stiefelabsatzgeräusche, die auf den Fliesen durch den Raum hallen, offensichtlich peinlich zu sein. Wenn sie laut lacht, schrickt er geradezu zusammen.

Die Rede kommt noch mal auf ihren ersten Einsatz, er fragt nach dem Warum. »Ich wollte einfach mal wissen, wie das ist, wenn man Sex für Geld macht«, antwortet sie ihm. Das verlangt ihm ein Kopfschütteln ab. Als sie ihm berichtet, dass sie als freie Schauspielerin arbeite, zeigt er Respekt.

Die Hausnummer ist eine niedriger als angegeben, stellt Alexandra fest. Aber sie kennt den Stadtteil, weiß, wo sie ist. Angst hat sie nicht, nicht ein bisschen. Ach ja, sie soll sich ja als Erstes das Honorar (komischer Ausdruck für Dienste dieser Art) geben lassen. Als sie ihn darauf anspricht, holt er einen Briefumschlag aus der Tasche, den er aber sofort wieder einsteckt, als eine Person im Treppenhaus auftaucht.

Sie treten in die Parterre-Wohnung des Neubaus ein, es sieht aus wie in der DDR, das ganze Interieur, sogar Nippes und Gläser mit Aufschriften. Die Schlafkammer – früher halbes Zimmer genannt, in der die Kinder untergebracht wurden – beherbergt die gute alte ausklappbare Doppelliege *Dagmar*. Sie brach früher bei der Belastung durch den Geschlechtsverkehr immer zusammen. Wer weiß, was mich da erwartet, fragt sich Alexandra. Ein Gläschen Sekt.

Wie man nun wohl anfängt?, hatte sich Alexandra vor ihrem Dienst überlegt.

Der Herr kommt gleich zur Sache und fängt an,

sie auszuziehen, also knöpft sie ihm auch das Hemd auf. Schnell haben sie sich ihrer Sachen entledigt, da sieht Alexandra ein riesiges Geschoss in der weißen Feinripp-Baumwoll-Unterhose mit Eingriff. Wie geht das denn nun mit den Kondomen? Sie legt ihm zwei Größen hin, er greift selbstbewusst zu XXL. Beim Aufziehen gibt's Probleme, er muss ihr helfen und macht sich über sie lustig. Alexandra hatte das ja zu Hause am Vibrator geübt, da rutschte das Ding immer weg, weil die Oberfläche so glatt war, außerdem hatte ihr Freudenspender nicht so ein Ausmaß. Hast du nicht gesehen, sitzt Alexandra auf ihm drauf und er ist in ihr drin. Das Auf und Ab beim Sitzen auf dem Sofa scheint ihm zu gefallen. Später bemängelt er, dass es ihm alles zu schnell gegangen sei, er hätte gern vorher noch ein bisschen gefummelt. Alexandra ist froh, dass sie das »Anblasen« vermieden hat. Nach geraumer Zeit kommt sie ins Schwitzen und sagt: »So, jetzt bist du dran.«

»Lass uns in die Schlafstube gehen.« (Eine lächerliche Bezeichnung für das kleine Loch, denkt Alexandra). Da ist es schön dunkel, Alexandra hatte schon Angst, dass durch das Transpirieren ihr Make-up verschmiert ist. Sie geht in Hundestellung. »Oh, von hinten«, äußert er sich erfreut. Was, wenn der dir jetzt das Riesending in den Po steckt? Das war nicht verabredet und es würde gar nicht da reinpassen. Nachdem er sich eine ganze Zeit betätigt hat, wobei er Alexandra unentwegt auf den Rücken küsst, bittet, nein, fordert er sie auf, sich umzudrehen. Komischerweise bewegt er seinen Schwanz rotierend in ihrer Scham, was ihm das wohl bringt? Dann bleibt er plötzlich ruhig auf ihr liegen. Alexandra massiert sein Glied mit ihrer Beckenbodenmuskulatur, das scheint ihm zu gefallen. »Das ist geil, mach weiter«, stöhnt er ein ums andere Mal. Dann richtet er sich ruckartig auf und stößt einige Male heftig in sie hinein. Ohne einen Laut von sich zu geben, sinkt er in sich zusammen. Dann geht er duschen, legt ihr ein altes kleines braunes Handtuch aus der DDR hin. Als er wiederkommt, fängt er an zu kuscheln, zärtlich zu sein, da ist nichts mehr von dem Bestimmer zu merken. »Hast du einen Vibrator dabei?«, fragt er.

»Wurde mir nicht gesagt«, antwortet Alexandra.

»Na, von wegen orgasmustechnisch«, erklärt er. Er legt selbst Hand an, an ihrer Klitoris, nicht mal ungeschickt. Sie täuscht ihm das vor, was er erreichen wollte. Wohlig liegen sie im Bett und plaudern, dabei streichelt er sie unentwegt und verfolgt Muster mit den Lippen auf ihrem Körper. Er hat für seine sechzig Jahre einen strammen und gepflegten Körper, wenn da der Kopf nicht wäre. Es ist angenehm, ihn anzufassen. »Glaubst du mir das alles, was ich dir erzähle?«, fragt sie ihn.

»Nein«, ist seine schnelle Antwort, dann überlegt er. »Doch, eine Professionelle hätte nicht so viele Fehler gemacht. Das mit der Preisliste im Restaurant war oberpeinlich. Und dann kannst du ja nicht mal ein Kondom aufziehen.«

Nirgends ist eine Uhr zu sehen. Sie muss doch die Agentur anrufen, wenn sie

Schluss macht. Die Armbanduhr im Wohnzimmer zeigt, dass es Zeit ist. Sie ruft Barbara an und sagt, dass alles okay sei.

»Das war lustig mit dir, hat Spaß gemacht«, bestätigt ihr Alex. »Ich bringe dich zum Auto.«

»Brauchste nicht«, antwortet Alexandra und schon ist sie weg. Sie hätte das Angebot lieber annehmen sollen. Ihr Ortssinn ist unterentwickelt. Sie irrt durch das dunkle Neubaugebiet, zieht schon in Erwägung, mit öffentlichen Verkehrsmitteln den Nachhauseweg anzutreten. Sie geht zurück und schaut sich die Namen an den Klingeln an, natürlich kein Bernd Müller dabei.

Noch mal alle Konzentration, den Weg zurückverfolgen – und da steht ihr hässliches kleines Auto.

Bei der Rückfahrt überfällt Alexandra ein Lachanfall. Sie fühlt sich so, als wäre sie im Kino gewesen, als hätte nicht sie das getan. Ob sie schizophren ist?

Zu Hause angekommen, duscht sie sofort, freut sich über das Geld in ihrer Tasche. Dann stellt sie fest, dass es nicht 240 Euro, sondern 300 Euro hätten sein müssen.

Nummer 2

Sonntagabend gegen 20.00 Uhr. Alexandra denkt schon, dass nichts mehr läuft, und will sich ein Glas Rotwein eingießen, als das Telefon klingelt. Chefin Barbara meint, Matze habe Bedarf. »Der ist ganz *nett.*« Bei ihr sind sie alle ganz *nett.* »Der ist so was von witzig und originell, da fahren die Mädchen« (so werden die Frauen genannt, auch wenn sie schon über fünfzig sind) »alle gern hin. So einmal im Monat ruft er an, wir quasseln immer eine Zeit am Telefon, er will immer mit mir Kaffee trinken gehen.« Barbara quasselt mit jedem am Telefon. Man wird sie gar nicht wieder los. Am Anfang dachte Alexandra: Sie will dich vielleicht ein bisschen kennenlernen, wenn sie dich vermitteln soll. Sie reden über Gott und die Welt, nebenbei gibt sie Alexandra Tipps wie: »Am besten, du setzt dich gleich oben drauf, dann kannst du das Ganze steuern. Zum Schluss wollen die immer noch länger, sie betteln richtig, aber ohne Kohle geht nichts, das wissen die auch. Und niemals ohne Kondom, das hätten sie nämlich gern. Wäre gut, wenn du dir halterlose Strümpfe kaufen würdest, im kik sind die ganz billig. Kauf gleich mehrere mit dem gleichen Muster, die gehen nämlich so schnell kaputt. Sexy Unterwäsche ist auch gut, musst du ja nicht bei Beate Uhse kaufen, gibt's woanders preisgünstiger. Das Gleitgel ist dort gut und nicht so teuer. Mit dem Küssen, das ist so eine Sache. Wenn ein Haufen Zähne fehlen oder die aus dem Mund riechen, musst du es natürlich nicht machen. Solche sind mir aber noch nicht über den Weg gelaufen. Du bestimmst, was gemacht oder nicht gemacht wird. Du musst da gleich als Herrscherin auftreten, schon beim Reinkommen. Zart besaitete Frauen haben keine Chance, aber die machen so etwas nicht und die würde ich zu ihrer eigenen Sicherheit nicht vermitteln.

Und pass mit dem Alkohol auf. Wenn du nichts verträgst, lass es lieber. Drogen sowieso nicht, sonst biste weg vom Fenster.«

»Haben die Männer schon mal jemandem was ins Glas getan«, fragt Alexandra ängstlich nach.

»Nee, bei uns doch nicht, wir sind ständig mit den Mädchen telefonisch in Kontakt.«

»Und was ist mit Gewalt?«, hakt Alexandra nach.

»Auch nicht. Es sind fast immer dieselben, die sich eine Frau ins Haus bestellen. Da war nie was und das können die sich auch gar nicht leisten. Die wissen, wie brutal es im Rotlichtmilieu zugeht. Das sind wirklich alles *nette* Männer. Ich glaube, sie bilden sich ein, das wäre keine Nutte, wenn die Frau mit ihnen redet und sie zu ihr zärtlich sein können. Bisher hat sich noch keine über Grobheiten beschwert. Gut, manche wollen eigenartige Sachen, die ich aber nicht als pervers bezeichnen würde.«

»Was meinst du denn damit?«, fragt Alexandra erschrocken.

»Ach, das ist ganz unterschiedlich, manche brauchen nur eine Zuschauerin beim Masturbieren, andere wollen ihr Zeug an eine bestimmte Stelle spritzen, meistens auf den Busen. Einer ist dabei, der liebt das Rollenspiel. Er kocht ein hervorragendes Menü. Während des Essens muss sich die Dame mehrmals umziehen und bestimmte Texte sprechen. Sex findet da gar nicht statt.«

»Da würde ich gern mal hingehen«, stellt Alexandra fest.

»Das wird nichts, der nimmt nur ganz Junge, obwohl er selbst schon über siebzig ist.«

Schade, das wäre doch ein lustiger Abend geworden.

»Wie alt ist denn der Typ heute Abend?«, fragt Alexandra.

»Na, so zweiundvierzig, ich habe ihm gesagt, dass du schon neunundvierzig bist. Er meint, das passe in sein Beute-Schema. Brauchst keine Angst zu haben, bei dem ist es immer ganz dunkel, der kriegt nicht mit, wie alt du bist. Hier die Telefonnummer, lass dir Namen und Adresse geben, dann rufst du mich wieder an, frag, wie lange er will.«

Als Alexandra anruft, meldet sich eine junge sympathische Stimme, er sagt die verlangten Daten und erklärt ihr, wo sie hinfahren muss.

Mensch, das ist ja am Arsch der Welt und das in dieser Dunkelheit und bei dem Nebel, denkt Alexandra. Das Navi führt sie in den kleinen Ort unweit der Hauptstadt. Die Straße findet sie, nicht aber die Nummer 3. Rechts von der Dorfstraße gehen 3a – 3c ab, davor ist Nummer 26. Nach zweimaligem Hin- und Herfahren stellt sie fest, dass das schon wieder eine andere Straße ist. Sie ruft Barbara an: »Der steht hinter der Brücke vor einer Leuchtwerbung. Er ist ganz groß, nicht zu übersehen.« Plötzlich sieht Alexandra ein stehendes Auto mit eingeschaltetem Licht, daneben wartet ein Mann. Sie geht auf ihn zu und sagt: »In was für eine Gegend hast du mich hier gelockt. Man sieht ja kaum die Hand vor den Augen. Ich irre schon länger umher.«

»Wer sind Sie?«, fragt der eher kleine Mann.

»Ich bin –«, ihr fällt der Name nicht ein, »von der Agentur.«

»Damit habe ich nichts zu tun. Ich warte hier auf jemanden aus Hannover.«

Dem habe ich nicht zugesagt, vermutet Alexandra und meldet sich wieder bei Barbara.

»Das kann ich mir nicht vorstellen, das ist ein Stammkunde, der macht so was nicht. Ich melde mich bei ihm und sage dir dann Bescheid«. Zwei Minuten später: »Fahr immer geradeaus, es gibt zwei Brücken, er hat dich schon gesehen. Jetzt kannst du ihn nicht mehr verfehlen.«

Ein Schrank von einem Kerl empfängt Alexandra und teilt gleich mit: »Ich bin Matthias, nenn mich Matze. Wir fahren hinter das Haus, damit keiner dein Auto sieht. Ich lebe bei meiner Oma, wir müssen leise sein.« Als sie ausgestiegen sind, nimmt er Alexandra ganz zaghaft an der Hand, führt sie um Ställe und Baracken zu einem kleinen Haus. Wieso hat sie keine Angst?

Im abgedunkelten Licht des Zimmers sieht sie, dass sie wieder einen mit einem ungewöhnlichen Kopf erwischt hat. Er sieht irgendwie dümmlich aus, eben wie einer, der bei seiner Oma wohnt. Dicklicher Körper, kleiner Kopf, schlechte Zähne. »Schlicht und einfach«, stellt Alexandra fest, »aber gutmütig.« Es wird geflüstert, hinter einer Tür soll die halbtote Oma mit ihren sechsundneunzig Jahren liegen. »Es macht mir nichts aus, dass du älter bist, mir gefällst du, du siehst hübsch aus«, versichert er ihr und übergibt das abgezählte Geld. Er sieht aus wie einer, der es sich mühsam zusammengespart hat. Schlichte Einrichtung, sauber und ordentlich, hinter einem Bücherregal das Bett. Auffallend sind der riesengroße Fernseher und ein teuer aussehendes Radio mit ungewöhnlichen Boxen. Daraus schallt Schlagermusik von Andrea Berg: »Die Gefühle haben Schweigepflicht, denn was ich fühle, zeig ich nicht.« Der Teddybär summt leise mit. Smalltalk, er erzählt unbeholfen von der Firma, in der er arbeitet – sie befindet sich auf dem Gehöft –, und ist stolz auf die Verputzarbeiten der Firma an bekannten öffentlichen Gebäuden. Alexandra kennt verschiedene Arbeiten aus dem Stadtbild. »Schauspielerin bist du, vielleicht treffen wir uns mal in der Stadt, da darfst du aber nichts erzählen.« Sie reden lange. Soll es ja auch geben, welche, die nur erzählen wollen.

Er fragt noch, ob sie Kinder habe. Alexandra erzählt von ihrer fünfunddreißigjährigen Tochter in

Köln. Da fällt ihr plötzlich ein, dass das ja gar nicht möglich ist bei ihrem angegebenen Alter. »Weißt du, die hab ich schon mit vierzehn gekriegt, sie ist im Heim aufgewachsen«, rettet sie sich.

»Die würde ich gern mal kennenlernen«, sagt er.

Sie sitzen auf dem Sofa vor Selters. Plötzlich und unerwartet zieht sich Matze nackt aus. Sie behält ihr schwarzes BH-Hemd an. Er bedeutet ihr, sich hinzulegen, und fängt gar nicht ungeschickt an, ihren Schoß zu lecken. Sie beobachtet sich: Passiert da was bei ihr? Nein, dazu steht sie viel zu sehr neben sich. Sie hat das Gefühl, dass er sich da unten festgesaugt hat, denn er hört gar nicht mehr auf. Als er nachlässt, stellt Alexandra fest, dass sein kleiner, aber dicker Puller nicht steht. Mühsam bearbeitet sie ihn, streift ein Kondom darüber. Wie sie gleich feststellt, war er noch zu klein, weil das Ding runterrutscht und ein zweites hermuss. Sie soll ihn in den Mund nehmen. Das Kondom schmeckt eklig und immer wieder hat sie die Luftblase, in die der Samen später reinfließen soll, an ihrem Gaumen. Ständig muss sie das Gummi wieder nach unten ziehen. Irgendwas macht sie falsch.

Sie setzt sich auf ihn drauf – in Missionarsstellung würde er sie zerquetschen – und macht ihre Übung. Er fasst sie fest in den Hüften, bewegt sie hoch und runter. Alexandra spürt nicht, dass er erregter wird. Stöhnen von beiden Seiten ist angesagt. Er nimmt ihre Beine hoch, sodass ihre Füße auf seinen Schultern liegen. Nur gut, dass ich zweimal in der Woche zum Gymnastikkurs fahre, sonst würde ich das hier gar nicht schaffen, denkt Alexandra. Hin und wieder rutscht der kleine feiste Kerl raus. Alexandra stopft geduldig nach. Weiter, weiter, weiter. Letztendlich nimmt er das Ding unter ihr in seine eigene Hand und befriedigt sich, das Gummi schmatzt. Danach schmiegt er sich anhänglich an sie. Alexandra streichelt ihn, er schnurrt wohlig wie ein Kater.

Plötzlich ist ein Jammern aus dem Zimmer nebenan zu hören. Behände springt er trotz seiner Leibesfülle auf, legt sich ein Badetuch um und eilt zur Großmutter. Nach fünf Minuten ist er zurück.

Die Zeit ist um. Barbara muss angerufen werden. »Hier Alex… Veronika. Alles in Ordnung, ich fahre nach Hause.«

Der große Junge umarmt sie fest und bittet sie, ihn anzurufen, wenn sie zu Hause angekommen ist. Alexandra ist gerührt und tut das, als sie in der warmen Stube beim Rotwein sitzt.

Am nächsten Tag googelt sie und stellt fest, dass ihr zahlender Liebhaber der Geschäftsführer der Verputzfirma ist. Hat er ihr was vorgespielt oder ist er nur ein Strohmann?

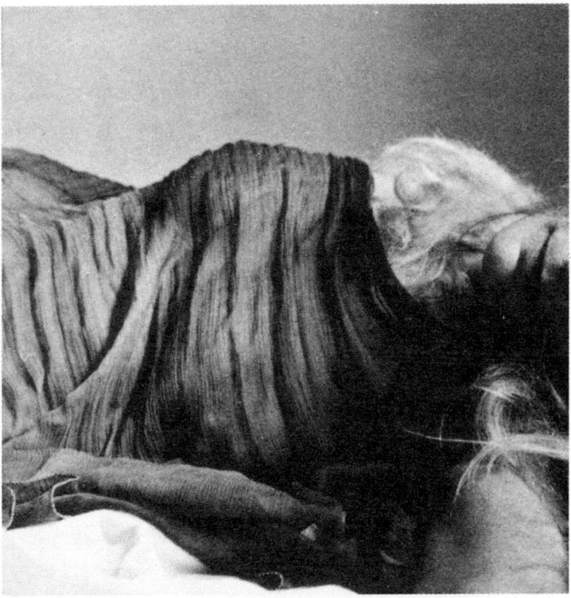

Nummer 3

Die Agentur teilt die Zeiten mit, an denen man verfügbar sein sollte, wenn man einen Auftrag haben will. In der Woche von früh um zehn bis abends um zehn, samstags ab 12.00 Uhr und sonntags ab 14.00 Uhr.

Alexandra hält sich penibel daran, meldet sich ab, wenn sie zum Arzt oder woanders hin will, wo man das Handy ausstellen muss.

Abends trinkt sie gern einen Schluck Rotwein, wenn sie fernsieht. Diese Gemütlichkeit kann sie nun nicht haben. Sie muss ja noch Auto fahren.

Das stört sie an diesem Job. Die meisten Bestellungen gibt es am Wochenende, vielleicht wollen die Leute der Sonntagsdepression entkommen?

Ein Anruf kommt. Da ist ein Stammgast. Der ist ja so *nett*. Mit dem kann sich Barbara so gut unterhalten. Er ist Ende vierzig und sie hat ihm verraten, dass die Begleitdame schon Anfang fünfzig ist. Findet er in Ordnung.

Voluminöse erotische Stimme. Wer wohl dahinter steckt? Alexandra googelt den Namen und findet einen Steuerberater/Rechtsanwalt, allerdings mit einer Adresse in Hamburg. Vielleicht wohnt der hier und pendelt, hofft sie. Ein großer glatzköpfiger Mann im Anzug schaut aus dem Laptop. Das wäre doch mal was Vernünftiges, denkt Alexandra und macht sich besonders hübsch, etwas elegant, nur leicht sexy. Schwarzer langer Rock mit Schlitz an der Seite bis über das Knie, schwarze dünne Strumpfhose und schwarzes durchsichtiges Oberteil, in der gleichen Farbe ein BH, der durchschimmert.

Im Auto noch schnell das Gleitgel in die Muschi, wie Barbara ihr das geraten hat.

Die Gegend sieht nicht gerade nach Rechtsanwalt aus. Backsteinbauten aus den Sechzigern, die Wohnungen darin sind klein, weiß Alexandra. Klingel unten rechts. Es ist der erste Advent. Alexandra macht eine kleine runde Kugelkerze an und verrät dem Mann, der ihr die Tür öffnet: »Ich bin Veronika, dein Adventsengel.«

Freundliches Lächeln von einem Mann, der wie ein Bauarbeiter aussieht, sie in die Küche geleitet und ihr Rotwein anbietet. Ob sie rauchen will? Alexandra nimmt an, obwohl sie schon fast ein Jahr nicht mehr geraucht hat. So eine Zigarette lockert die Atmosphäre. Der Mann ruht in sich, ist auf eine angenehme Art selbstsicher. Alexandra entspannt sich, wendet sich ihm zu, merkt, dass sie offen für ihn wird. Smalltalk über Autos, von denen Alexandra nicht das Geringste versteht. Sie kennt nicht mal ihre eigene Automarke, weiß nur, dass es grün ist. Um das Gespräch in Gang zu halten, heuchelt sie Interesse. Von seinem Sportwagen erzählt er, wie toll das im Sommer sei und dass er viel zu wenig Zeit habe, das Fahrzeug zu nutzen, weil er ständig auf Montage sei. Deshalb habe er auch keine Frau, wer will schon einen Mann, der nie da ist.

»Und heute machen wir uns einen gemütlichen Abend, darauf habe ich mich schon die ganze Woche gefreut. Dich kenne ich noch gar nicht. Bist du neu in der Agentur?«

Alexandra bejaht das und erklärt ihm, dass sie zu wenige Aufträge als Schauspielerin hat, um davon leben zu können. Ihn beeindruckt ihr Beruf nicht. Er ist so einer, der mit beiden Beinen fest im Leben steht und mit sich selbst zufrieden zu sein scheint. »Ach weißt du, das ist das älteste Gewerbe der Welt«, erklärt er ihr. »Die Nachfrage ist ja da.«

So einfach ist das also.

Seinen Urlaub verbringe er immer mit seiner Nichte in Thailand. »Nein, so ein Kinderficker bin ich nicht. Mir gefällt das Land. Wir suchen uns immer vorher Sehenswürdigkeiten aus, die wir dann besichtigen.« Er holt ein großes Fotoalbum heraus und gibt für Alexandra Erklärungen zu jedem Bild ab.

Wenn das anderthalb Stunden so geht, habe ich die 150 Euro, die auf dem Tisch liegen, ja leicht verdient, denkt Alexandra und schielt heimlich auf die Uhr. Er gibt ihr noch ein genaues Bild über seine Krankheiten. Besonders der Rücken schmerze ihn, obwohl er doch noch recht jung sei. »Das kommt bestimmt von der schweren Arbeit«, vermutet er. Seit einigen Jahren sei er selbstständig, baue Solaranlagen auf Häuser. »Früher bin ich ja mit den Jungs noch auf die Dächer gestiegen, das ist jetzt vorbei«, bedauert er. »Man wird eben älter. Wenn ich dran denke, dass es in den Dreißigern noch stundenlang mit dem Vögeln ging …«

Soll das jetzt eine Entschuldigung sein, kann der nicht mehr? Was soll ich dann hier?, denkt Alexandra.

»Ich zeig dir mal die Wohnung«, fordert Peter sie auf. Alles neu und modisch eingerichtet mit fürchterlichen Bildern an der Wand. Überall stehen farbig leuchtende Objekte herum. »Sieht toll aus, nicht wahr«, stellt Peter fest. »Ich musste mich ganz neu einrichten, als ich meine Alte in unserem Haus verlassen habe. Man möchte es ja gemütlich haben, wenn man mal 'ne Woche zu Hause ist.«

Auf dem Computer laufen Fotos aus Thailand, sofort gibt er Erklärungen von sich. Eine Dreiviertelstunde ist schon rum, denkt Alexandra.

»Soll ich dir mal das Schlafzimmer zeigen?«, fragt Peter und geht über den Flur voraus.

»Ich komme«, ruft sie hinter ihm.

»Was, jetzt schon?«, lacht er. Das Schlafzimmer wird bewundert. Über dem Bett hängt in einem Goldrahmen ein Bild mit Engeln. So eines hatte Alexandras Großmutter auch schon. »Was sind denn deine sexuellen Vorlieben?«, fragt Peter gespannt.

Alexandra weiß beim besten Willen nicht, was sie sagen soll. »Anal« wird sie nicht sagen, weil ihr das mit fremden Männern zu intim ist. »Na ja, die in der Agentur haben gesagt, ich soll das so machen, wie ich das immer zu Hause gemacht habe«, antwortet sie. Er gibt sich damit zufrieden.

»Ziehen wir uns jetzt aus?«, fragt Alexandra.

»Na, was dachtest du denn? Wolltest du es angezogen treiben?«, macht er sich lustig. Er zieht seine Jogginghose, sein T-Shirt und seinen sehr kleinen Slip aus. Da kommt ein wirklich ansehnliches Glied zum Vorschein. Nicht so spitz wie beim »Chef«, ihrem ersten Kunden, sondern zylinderförmig gleichmäßig stramm. Der Penis ist Alexandra auf Anhieb sympathisch. Sie kniet auf dem Bett, das ist so hoch, dass sein Liebling genau in der Höhe ihrer Klitoris ist, er reibt sie damit. Oh, das bringt ihr ungewöhnlicherweise Gefühle. Ihre Klitoris beginnt, sich zu entwickeln, bäumt sich auf. Hier macht ihr das Lecken Spaß. Ihre Zunge umkreist seine feste Eichel, bleibt stehen, wartet, bis er ihr zu verstehen gibt, dass sie weitermachen soll. Mit dem Mund zieht sie seine Vorhaut hoch und schiebt sie wieder hinunter. Er stöhnt wohlig. Das Ding wird immer fester und auch etwas größer, sodass es kaum noch in Alexandras Mund passt. Als er es in ihren Mund stößt, muss sie leicht würgen. Er nimmt das feinfühlig zum Anlass, sein Glied herauszuziehen, und legt sie auf den Rücken. Als würde er das jeden Tag mit ihr tun, schiebt er die äußeren und inneren Schamlippen zur Seite und nach oben, so dass ihr Hügel völlig frei liegt. Dann widmet er sich nicht nur mit der Zungenspitze, sondern mit der ganzen Zunge ihrer Klitoris. Alexandra achtet nicht mehr auf sich. Sie, die sich sonst dabei genau beobachtet, gleitet weg und registriert voller Überraschung, dass sie ein Orgasmus überschwemmt, wie sie ihn lange nicht erreicht hat. Meistens hatte sie sich in der letzten Zeit mit ihrem Vibrator selbst befriedigt und festgestellt, dass ihre Orgasmen nach außen wegflogen und nicht wie früher ihren ganzen Körper erfassten. Wahrscheinlich, weil sie sich selbst zu sehr darauf konzentrierte. Erstaunen. Hier muss sie wahrlich nichts vorspielen. »Du bist ja besser als mein Vibrator«, macht sie Peter ein Kompliment.

»Und der ist schon gut«, reagiert er ohne Überheblichkeit.

Sex fängt im Kopf an, sie wird sich diesen Schwanz und die Situation vorstellen, wenn sie das nächste Mal Zwiesprache mit ihrem Dildo nimmt.

Es macht ihr Spaß, auf ihn zu steigen und ihn so zu befriedigen. Er umfasst ihre Hüften und gibt den Rhythmus an. Sie weiß nicht so genau, wo sie sich festhalten soll. Einmal stellt sie erstaunt fest, dass es seine fleischigen Brüste sind, die sie da in der Hand hält. Sie macht es ihm da unten so eng wie möglich. Er stößt einen urwüchsigen Schrei aus und kommt, streichelt sie anschließend dankbar. Mit einem albernen Witz über seinen Samen im Kondom verschwindet er im Bad und ruft sie dann ins Wohnzimmer, wo sie zusammen eine Thailand-CD anschauen. Er sitzt im Bademantel weit von ihr entfernt, als wäre nichts gewesen.

Die Zeit ist um, Anruf bei Barbara. Er bringt sie zur Tür und bemerkt, dass er sie das nächste

Mal wieder buchen werde, es habe ihm gefallen. Der Abend ist noch jung, ob sie mit ihm in die Kneipe gehen würde. Das ist eigentlich verboten. Warum nicht?, denkt Alexandra, das können die doch gar nicht merken. Sie beschließen, ein Taxi zu rufen und in die Stadt zu einer Szenekneipe zu fahren. Gott sei Dank kennt Alexandra niemanden. Die Unterhaltung ist etwas schwerfällig. Sie trinken Whisky mit wenig Cola, eigentlich trinkt sie sonst nur Wein oder mal ein Bier. Nach etwa zwei Stunden ist Alexandra blau und will nach Hause. Er macht keine Anstalten, sie zu weiterem Sex zu überreden, bringt sie zum Stadttor. »Von dort aus gehe ich allein«, stellt sie fest. Sie möchte nicht, dass er auch nur ahnt, wo sie wohnt.

Am nächsten Tag weiß sie nicht mehr, was sie erzählt hat, ob sie sich geoutet hat. Sie kann sich an gar nichts mehr erinnern. Ihre Erinnerung fängt da an, wo sie der Krankenschwester die metallene Pisspfanne auf den Kopf hauen will, sie hat das Scheppern im Ohr, als das Ding auf den Fliesen landet. Deshalb wird sie fixiert. Gurte um Arme und Beine sowie über dem Bauch, sodass sie sich kaum bewegen kann. Sie versucht verzweifelt, aus den Schlingen um ihre Handgelenke herauszukommen. Am nächsten Tag hat sie rote Stellen am Arm.

Vor Wut schreit sie tierisch laut, nichts passiert.

»Ach, du warst der Neuzugang, der die ganze Station zusammengebrüllt hat«, bemerkt ein Mitpatient am nächsten Tag bei einem Gespräch in dem angeschlossenen, von hohen Mauern umgebenen Garten.

Alexandra registriert nun, dass sie auf der Geschlossenen der Nervenheilanstalt Krummenberg ist. Sie schaut sich im Zimmer um. So sieht also eine Gummizelle aus. Vergitterte Fenster, graue Wände, keine Möbel, außer das fahrbare Bett, in dem sie liegt, über ihr an der Decke eine Leiste mit Neonröhren, in der Ecke eine kleine Kamera, im oberen Teil der Tür befindet sich eine etwa vierzig Zentimeter breite Glasscheibe, wahrscheinlich, um den Patienten von außen beobachten zu können.

Alexandra muss nun dringend pinkeln, die Bettpfanne haben sie ihr nach dem Attentat nicht wiedergegeben. Genüsslich macht sie ein paar Mal unter sich weg. Irgendwann schläft sie ein.

Früh um 5.00 Uhr kommen zwei junge Pfleger, wecken sie und fragen, ob alles okay sei. Sie verlangt, losgebunden zu werden, damit sie duschen und auf die Toilette gehen kann. Keine Kopfschmerzen, kein Brechreiz. Sie fühlt sich normal. Ihre Sachen sind weg. Sie muss sich aus der Kleiderkammer der Klinik etwas aussuchen.

»Jetzt pusten wir erst mal«, fordert sie das Krankenhauspersonal auf. »Immer noch 0,8, heute Nacht hatten Sie 2,6 Promille. Nun gehen Sie erst mal frühstücken.«

Alexandra hat einen Bärenhunger. Im Essraum sitzen eigenartige Leute, jeder mit einem Tablett vor sich, Brötchen, Butter, Käse, Marmelade. Es wird nicht gesprochen.

Ein junges Mädchen mit vier- oder fünffarbigem Haar isst gar nicht, schiebt ihre Ration dem jungen Mann mit dem Zopf zu, der unentwegt blinzelt. Alexandras Reste will er auch gleich haben. Es kommt eine schlampig angezogene und ungekämmte Frau herein. Sie schlingt ihre Portion herunter, verschwindet wieder. Ein alter dünner humpelnder Mann redet unentwegt mit sich selbst. Als eine betagte Frau in Pullover und Pampers hereinkommt, wird das Pflegepersonal zum Abführen gerufen.

Unentwegt läuft ein überdimensionaler Fernseher, der an der Wand hängt und von keinem beachtet wird. Dann muss sie zum Arzt. Er fragt sie aus, wo es ihr gelang, sich derartig zu betrinken, wie viel es denn war und mit wem? Wie denn sonst ihre Trinkgewohnheiten wären. Welches Datum haben wir, was für einen Tag und Monat. Keine Bemerkung, sie müsse auf den Stationsarzt warten, der entscheide, ob sie nach Hause dürfe. Eine richterliche Verfügung ist vorhanden, danach kann man sie aber nur 24 Stunden in der Einrichtung festhalten. Wann diese Untersuchung sein soll, wisse keiner, sie müsse eben warten. Alexandra läuft wie zwei andere Menschen auch im Flur auf und ab, beschließt, ihre Freundin von dem vorhandenen Münztelefon aus anzurufen. Diese denkt glattweg, Alexandra würde spinnen, als sie erzählt, wo sie sich befindet. »Einer deiner blöden Witze, haha, kann ich nicht drüber lachen.«

Alexandra erzählt, was vorgefallen ist, die Begleit-Agentur lässt sie aus, muss ja keiner wissen. Endlich schenkt ihr Sarah Glauben. Alexandra erklärt ihr, wo der Schlüssel für ihr Haus im Garten liegt. »Du musst unbedingt den Kater rauslassen, der pinkelt sonst alles voll, vom Kacken gar nicht zu reden«, beauftragt sie Sarah. Die verspricht es. Obwohl sie eigentlich Angst vor dem Tier hat.

Flur rauf, Flur runter. Fernsehen ist langweilig. Sie findet ein Regal mit Büchern. Eins handelt von Therapien gegen Alkoholsucht. Darin liest sie unkonzentriert herum und befindet, dass sie nicht abhängig ist, wenn sie abends ihr Gläschen Rotwein trinkt. Plötzlich wird ihr schwindlig. Das wird daran liegen, dass ich meine Tabletten nicht genommen habe, stellt sie fest und lässt den Blutdruck messen, viel zu niedrig. Ein Pfleger besorgt ihr die Medizin.

Flur rauf, Flur runter.

Oh, da kommt Katrin Tamms, die Sozialbeauftragte der Klinik. Man kennt sich flüchtig. Sie ist gar nicht überrascht, als sie Alexandra hier findet. Es scheint wohl anderen Leuten auch mal so was zu passieren. »Ich kümmere mich drum«, verspricht sie. Alexandra ist froh über diesen Hoffnungsschimmer.

Endlich, gegen 12.00 Uhr, kommt der Arzt. Wieder die gleichen idiotischen Fragen wie am Morgen. Insgesamt sitzen da sechs Leute mit weißen Kitteln. Der Doktor bietet ihr an, dazubleiben und eine Entgiftung zu machen. »Mein Enkelkind kommt heute zu mir und will ein paar Tage bleiben«, lügt Alexandra.

»Mit dem niedrigen Blutdruck müssen Sie mit dem Taxi fahren oder Sie lassen sich gegen 13.00 Uhr abholen«, wird ihr geraten.

Alexandra ruft ihren Kumpel Arndt im Rathaus an. Auch er ist ungläubig und lacht dann schallend. »Okay, ich komme und löse dich aus«, teilt er ihr mit.

»Also das ist mit Abstand das größte Ding, was du dir je geleistet hast«, wirft er ihr lachend gleich an der Tür vor. Sie gehen Kaffee trinken und Alexandra erzählt ihm, an was sie sich noch erinnern kann.

Etwa sechs Wochen später erhält Alexandra die Aufforderung, sich bei der Kriminalpolizei zu melden. Da sitzt ein freundlicher Mann in ihrem Alter, der ihr erklärt, dass es eine Anzeige gegen sie wegen Körperverletzung gebe. Alexandra staunt. »Na, dann erzählen Sie mir doch mal, was Sie von dem Abend noch wissen, als Sie in der Nervenklinik gelandet sind«, fordert er sie auf.

Alexandra hatte einen Filmriss. Ihre Erinnerung fängt bei der geworfenen Bettpfanne aus Metall an.

Nun liest ihr der Kriminalist vor, was in jener Nacht passiert ist:

Sie vermutet, dass sie keinen Schlüssel hatte, weil sie die Jacke mit dem Bund in der Tasche in der Kneipe gelassen hatte. Da sie das Gartentor nicht aufschließen konnte, wollte sie über den Zaun klettern (blaue Flecke bewiesen ihr am nächsten Tag, dass sie hingefallen sein musste). Besorgte Anwohner (Alexandra wohnt in einer eng bebauten Reihenhaus-Siedlung und überlegt voller Pein, wer das gewesen sein könnte) haben dann den Krankenwagen gerufen. Die Sanitäter stellten fest, dass sie nichts weiter habe und fuhren wieder weg. Als Alexandra erneut versuchte, über den Zaun auf das Grundstück zu kommen, stürzte sie ab. Da es gefährlich ausgesehen haben muss, riefen die besorgten Anwohner erneut den Krankenwagen. Nun sollte sie in die Klinik gebracht werden, das wollte sie aber nicht, weil sie ihre Katze nicht allein im Haus lassen wollte. Sie trat, kratzte und bespuckte die Sanitäter. Ein Mann hatte etwas am Auge abbekommen und Anzeige erstattet.

Alexandra misstraute ihrem Gedächtnis, als der Kriminalist ihr weiter vorlas, dass sie in der Chirurgie gewesen sei und dort Patienten und Ärzte beleidigt habe. Daraufhin sei sie dann in der Klapsmühle gelandet.

Was nun?

»Sie werden vom Staatsanwalt hören. Aber das Verfahren wird wegen Nichtigkeit sicherlich eingestellt«, versichert er ihr.

Alexandra beschließt, nie wieder Schnaps zu trinken.

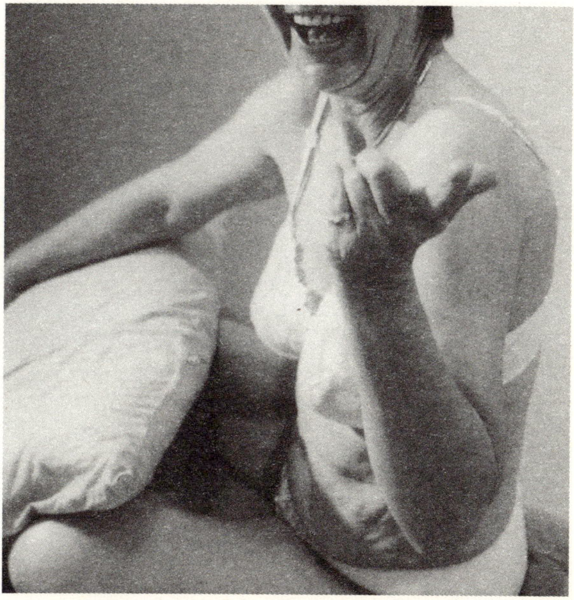

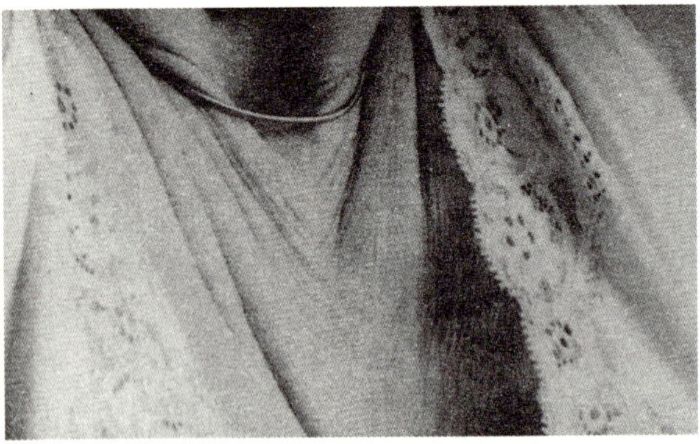

Nummer 4

Einige Tage hintereinander bekommt Alexandra keine Aufträge, das beunruhigt sie. War sie nicht gut genug? Haben die Männer bemerkt, dass sie viel älter als angegeben ist? Vielleicht hat sich einer beschwert, mit dem Gummi hat sie sich ja nun wirklich doof angestellt. Vorsichtig fragt sie bei Barbara nach. Barbara sagt, es sei alles in Ordnung, zum Monatsende wäre es immer so flau. Es sei einfach kein Geld für die schönen Dinge des Lebens da. Genauso sieht es bei Alexandra aus. Das kleine Reihenhaus frisst fast alle ihre Einnahmen auf. Was sollen die Leute von ihr denken, wenn sie in eine miefige Mietwohnung zieht? Dann kann sie bestimmt auch den Kater nicht mitnehmen. Es ist schon nach 20.00 Uhr, als die Chefin anruft. Alexandra hatte gedacht, der Tag wäre gelaufen.

Zwei Gelegenheiten, eine etwa siebzig Kilometer entfernt (bis zu achtzig Kilometer verpflichtet man sich, ohne Benzingeld zu fahren) und eine etwa fünfzig Kilometer entfernt. Für erstere hatte Barbara Spritkosten in Höhe von 20 Euro ausgehandelt, der Typ soll knauserig sein. Alexandra ruft an, unangenehme Stimme, alt. Sie solle früh um sieben kommen, befiehlt er ihr. Der spinnt wohl, denkt Alexandra, da muss ich ja um 5.00 Uhr aufstehen. Und diese unsympathische Stimme. Nein, das mache ich nicht, beschließt sie und teilt es der Agentur mit.

»Der bestellt sich immer Mädchen, wenn seine Frau zur Arbeit gegangen ist«, berichtet Barbara. »Peggy und Lilli finden den auch unmöglich und wollen da nicht hin. Aber Susi kommt gut mit ihm klar. Sie wohnt dort gleich in der Nähe und muss nicht so weit fahren. Du musst das nicht machen, wenn du nicht willst. Dann schicke ich eben jemand anders hin. Ruf mal den anderen an, das wird heute Abend noch was. Er ist sehr *nett.* Scheint verheiratet zu sein und lebt seine Lust aus, wenn seine Alte nicht da ist. Stammkunde. Er hat nach was Neuem gefragt.«

Alexandra ruft an. Es meldet sich eine freundliche elegante Stimme. Sie knallt ihm gleich noch 20 Euro Benzingeld drauf, er widerspricht nicht. Als sie das Barbara erzählt, meckert sie: »Das kannst du nicht machen, du machst mir das Geschäft kaputt. Bis achtzig Kilometer ist Benzin mit drin. Da kriegen wir die Konkurrenz auf den Hals und die sind nicht ohne.«

Was »nicht ohne« sei, fragt Alexandra lieber nicht. Im Rotlicht-Milieu soll es ja hart zugehen. Muss sie vielleicht doch Angst haben? Wenn die anderen – wer immer das ist – mitkriegen, dass sie anschaffen geht, lauert ihr vielleicht mal einer auf. Muss sie mit körperlicher Gewalt rechnen? Sie fragt Barbara. Barbara meint, so etwas sei noch nie vorgekommen. Wenn überhaupt, würden sich die Leute aus dem Gewerbe an sie wenden. Das sei ihr in München schon mal passiert, da konnte sie sich aber einigen und ist anschließend in eine andere Stadt gezogen. »Ruf da noch mal an und erklär ihm, dass du neu bist und die Gepflogenheiten noch nicht so genau kennst.«

Alexandra tut das. Die näselnde Stimme am anderen Ende registriert es und verabschiedet sich mit: »Ich freue mich auf dich. Sei so lieb und zieh was Nettes an.«

Was ist was Nettes?, grübelt Alexandra. Schwarzer kurzer Rock, schwarze Spitzen-Unterwäsche, durchsichtiges graues T-Shirt und die neuen Halterlosen mit der Spitze oben – natürlich in schwarz. Etwas lächerlich findet sie sich schon.

Das übliche dicke Make-up und schon ist die Begleiterin fertig.

Es ist ein herrlicher Frühlingsabend. Alexandra fährt die kurze Strecke und genießt die Natur. »Stell dein Auto um die Ecke«, hat ihr der Mann geraten, »die Nachbarn müssen dich nicht unbedingt sehen.«

»So hässlich bin ich nun auch wieder nicht«, hat Alexandra erwidert, woraufhin er lachte.

Ihr Navigationsgerät führt sie in eine gehobene Einfamilienhaus-Siedlung. Nun kann sie die Befürchtungen verstehen. Sie fährt eine Straße weiter und parkt. Sie muss dringend pinkeln. Die Gegend ist wie ausgestorben, überall Licht, aber keine Menschenseele zu sehen. Mach ich schnell in die Hecke, überlegt sie, ich kann doch nicht da klingeln und gleich auf die Toilette müssen. Als sie sich hinter ein paar Büsche schleichen will, geht ein Bewegungsmelder an, an allen Objekten. Sie zieht und zerrt noch mal alles an der Verkleidung zurecht und geht auf das Haus Nummer 36 zu. Durch das Küchenfenster sieht sie den mittleren Teil eines rauchenden Mannes. Sie läutet und es öffnet – das ist immer der spannendste Augenblick – ihr ein Amtsmann – so stellt sie sich jedenfalls einen vor. Er begrüßt sie und redet Alexandra zuerst mit »Sie« an, das ist in dieser Branche nicht üblich, und stellt sich als Henry vor. Hässlich ist der Typ nicht, aber völlig unerotisch. Freizeitklamotten – die haben sie eigenartigerweise alle an –, Bauchansatz, unter dem T-Shirt schwabbeln kleine Brüste. Glatze, Brille. Alexandra wird ganz komisch, als sie sich vorstellt, mit ihm Sex zu haben.

»Willst du was trinken?«

»Sekt, wenn du hast.« Er schleppt eine billige Marke heran und schenkt ihr ein. Er selbst mixt sich einen Drink. Alexandra schaut sich um. Teuer eingerichtetes Einfamilienhaus. Man sieht auf den ersten Blick, was die Möbel und Bilder gekostet haben. Nirgends ist ein Staubkörnchen zu sehen. Alles schön aufgeräumt. Irgendwie passt dieser aalglatte Mann in dieses Ambiente.

Wann geht's los?, denkt Alexandra. Erst mal ein kleiner Snack. Seinen Beruf will er nicht verraten, später stellt sich heraus, dass er Krankenwagenfahrer ist. Er betont seine medizinische Ausbildung. In Hamburg neben der Herbertstraße sei seine Station gewesen. »Die sind da nicht zimperlich mit ihren Huren.« Bei dem Wort schaut er Alexandra entschuldigend an und hat eine Sprachverschleppung. »Da fahren die Zuhälter mit den verprügelten Frauen im Krankenauto mit, damit sie die armen Dinger dann gleich wieder auf Tour schicken können. Hast du denn gar keine Angst, dass da mal ein Verrückter dabei sein könnte, der dir was antut?

Oder die Konkurrenz lockt dich in eine Falle. Was dann?« »Darüber denke ich erst gar nicht nach«, lügt Alexandra.

Er sei verheiratet, seine Frau würde in Hamburg leben. Ab und zu würde er sich den Spaß mal gönnen. Aber die Agentur schicke ihm nicht immer das, was sie versprochen hat. Neulich sollte eine mit Größe 42 kommen, die hatte mindestens 46 und schön war sie auch nicht. Das Alter hat auch nicht gestimmt, die war mindestens zehn Jahre älter als angegeben.

»Hättest sie doch wieder wegschicken können«, sagt Alexandra.

Nein, das habe er sich nicht getraut, außerdem war er an diesem Tag so richtig scharf.

Das scheint er heute nicht zu sein. »Bleiben wir hier?«, fragt Alexandra, weil sie befürchtet, die schneeweiße Couch würde Flecken bekommen. Er bejaht das und holt ein großes Badehandtuch. Das Heiligtum Schlafzimmer darf also nicht in Anspruch genommen werden.

Als er seine Hosen auszieht, kommt so ein kümmerliches Ding zum Vorschein, das gerade beginnt, sich zu entwickeln. Also Hand anlegen, viel mehr wird's nicht. Anblasen, das wabblige Ding im Mund ist widerlich, außerdem kann man damit nichts groß anfangen. Massage der Eier, nach und nach entwickelt sich etwas, was einem erigierten Glied ähnlich sieht. Die Halterlosen und das schwarze Spitzenoberteil soll Alexandra anbehalten, das würde ihn geil machen. Ob er sich vorstellt, dass sie eine Nutte ist?

Seine Hand gleitet geschickt und zielgerichtet an die Klitoris. Was er da veranstaltet, ist gar nicht schlecht, aber viel zu hart, am nächsten Tag schmerzt Alexandras Muschi. Sie ständig ablekkend gleitet er bis zu ihrem Geschlechtsteil und da passiert etwas ganz Eigenartiges. Henry zeigt einen Anflug von Stottern. Alexandra hat beobachtet, dass sich sein Mund verkrampft und zuckt, ehe es zu einem natürlichen Sprachfluss kommt, wenn es um heiße Themen geht. Mit genau diesen Bewegungen versucht er den Kitzler zu stimulieren, allerdings mit solch einem Druck, dass es wehtut. Außerdem will sich Alexandra bei diesem Typen keinen Orgasmus gestatten. Sie stöhnt und tut so, als würde sie kommen.

»Jetzt hast du ihn gehabt!«, triumphiert Henry. Später fragt er sie, ob sie immer auf ihre Kosten käme.

»Nicht alle sind so geschickt wie du«, lobhudelt sie.

Also wenden sie sich wieder dem unglückseligen Ding zu. Er reibt es an ihren Schenkeln, sie massiert es, ein paar Mal kommt er damit in die Nähe ihrer Scheide. Sie weist sofort auf das Kondom hin und denkt, der braucht nicht XXL, die sind nämlich auch teurer als die anderen. »Das brauchen wir nicht, du holst mir so einen runter«, sagt er. »Ich will auf deine Titten spritzen.«

»Nur zu«, antwortet Alexandra und kann sich nicht vorstellen, dass aus dem Schlappschwanz etwas herauskommt. Um die Sache zu beschleunigen, reibt sie den Kleinen mit Gleitgel ein. Henry bringt ihn in die Höhe ihres Busens und feuert sie an: »Wring sie aus, die Nudel, gib's ihm! Hol alles raus!«

Und tatsächlich ergießt sich ein kleiner Schwall Samen über ihre Brust. Eklig. Riecht nach Pilzen. Zu Hause duscht Alexandra lange und wäscht die Klamotten. Sie schrubbt ihre Zähne so fest mit der Bürste, dass es anfängt zu bluten. Da geh ich nie wieder hin, denkt sie und teilt es am nächsten Tag Barbara mit.

Nummer 5

Alexandra geht es auf den Keks, dass sie ständig dieses bescheuerte Handy mit sich herumschleppen muss, eigentlich ist sie ein Handymuffel. Sie ärgert sich im Café, in der Buchhandlung und wo auch immer, wenn sich die Leute Banalitäten erzählen. Sie hat schon Paare beobachtet, die gar nicht miteinander redeten, sondern jeder sprach in sein Telefon. Aber nun muss sie ja ständig erreichbar sein und auf das Ding achten. Barbara ruft an, da sei so ein Typ in der Altstadt. Der sei unwahrscheinlich *nett* und gebe immer Trinkgeld.

»Ruf den mal an.«

Alexandra wählt die Nummer. Ein hastiger Teilnehmer meldet sich und fängt gleich an zu plappern: »Hast du schöne große Titten? Dir werde ich es aber besorgen. Von vorn, von hinten, von oben, von unten. Bei mir kriegst du einen Orgasmus nach dem anderen.«

Alexandra will keinen Orgasmus nach dem anderen, das Gerede ist ihr zu versaut. Wer weiß, was der noch für Fantasien hat. Sie bekommt eine Gänsehaut. »Da kann ich nicht hinfahren, das geht überhaupt nicht«, teilt sie Barbara mit. »Okay, dann fährt Peggy dahin, die macht alles, sie braucht dringend Kohle. Ich kann dir aber nicht versprechen, dass heute noch ein Termin kommt. Warte mal bis 22.30 Uhr, heute ist Fußball, da rufen die Kerle immer erst später an.«

»Sind die denn dann nicht schon angetrunken«, befürchtet Alexandra. »Ich möchte nicht zu so einem besoffenen Fußballanhänger, dessen Lieblingsmannschaft vielleicht noch verloren hat.«

»Da brauchst du keine Angst zu haben. Ich kontaktiere die ja vorher am Telefon, da merke ich dann schon, was mit denen los ist. Wir haben noch keine schlechten Erfahrungen gemacht.«

»Wenn einer dicht ist, betrete ich die Wohnung nicht, das kannste glauben.«

»Okay, okay, aber die Fahrtkosten sind dein Risiko.«

»Das finde ich Scheiße, du bist dafür verantwortlich, dass die Männer sauber sind.«

»Sauber sind sie alle, da hat sich noch keine beklagt. Der eine soll sogar nach Kernseife geschmeckt haben.«

»Du weißt genau, was ich meine.«

Später gibt Barbara ihr wieder eine Kundentelefonnummer durch. Alexandra ruft an, eine freundlich bescheidene Stimme sagt ihr Name und Adresse, ein kleiner Ort ungefähr vierzig Kilometer entfernt.

»Ich habe aber Wünsche«, sagt der Mann bittend. »Kannst du Strapse anziehen? Da steh ich drauf.«

»Schwarz, weiß oder rot?«

»Schwarz ist mir am liebsten.«

»Okay, ich dusche, mach mich fertig und bin so in einer Stunde da.«

Mein Gott, Strapse will der. In irgendeiner Schublade muss sie so was noch aus ihrer letzten Ehe haben, nur gut, dass sie nicht zugenommen hat. Trotzdem findet sie sich lächerlich in den Dingern, sieht aus wie eine abgehalfterte Nutte, ihre Falten und Gebrauchsspuren sind nun mal nicht zu verbergen. Sie kommt sich wie eine Betrügerin vor.

Alexandra rast über die verschneite Autobahn und fragt sich, ob sie ein bisschen oder gar sehr verrückt sei. Wieder einmal überlegt sie, warum sie das eigentlich tut. Die Kohle ist die eine Sache, die ist schön, aber braucht sie sie unbedingt? Was reizt sie, dieses Spiel mitzuspielen? Der Sex ist es nicht, sie hat gar kein Verlangen danach. Ist es die Beobachterposition, eine Art von Neugier? Oder ist es das angenehme Gefühl, dass die Männer ihr untertan sind? Sie bestimmt, was gemacht wird und ob sie den Bitten, bestimmte Stellungen einzunehmen, nachgibt oder nicht. Sie sind ihr ausgeliefert, handzahm. Ob es bei Männern mit höherem Bildungsgrad andere Ansprüche gibt? Komisch, sie bezahlen doch dafür. Von den meisten bekommt sie Komplimente, das macht sie auch im Alltag selbstsicherer. Bisher hat keiner das angegebene Alter angezweifelt. Wie schnell sie sich den Situationen beim Geschlechtsverkehr angepasst hat, wundert sie selbst. Ist das irgendein Job? Nein, das ist nicht irgendein Job.

Seitdem sie für die Begleitagentur arbeitet, hatte sie noch keinen Freund. Ob sie das vereinbaren könnte? Wissen dürfte er es jedenfalls nicht, das ist klar. Reden kann sie darüber mit keinem, nicht mal mit ihrer besten Freundin, die ist nämlich ziemlich prüde. Was kann diese Tätigkeit mit ihr machen? Vielleicht vergeht ihr der Appetit auf Sex ganz und gar oder sie wird zur Nymphomanin. Das wäre doch toll, da würde sie ihr Hobby sogar noch bezahlt kriegen.

Alexandras Navigationsgerät sagt an, dass sie die Autobahn verlassen soll. Es schneit unentwegt und die kleineren Straßen sind nicht geräumt. Sie ruft Jens an und fragt, wie die Straße vor seinem Haus aussieht, ob sie da überhaupt hinkomme.

»Hier ist alles frei, ich warte schon auf dich«, ist die Antwort.

Alexandra findet die Adresse, ein kleines, zweistöckiges Haus im kaum erleuchteten Ort. Im Erdgeschoss sieht sie durchs Fenster einen jungen Mann am Computer. Der kann es nicht sein, stellt sie fest, der ist viel zu jung. Sie klingelt, hört Schritte die Treppe herunterkommen. Vor ihr steht ein Mann Ende vierzig, dessen Statur sie an ihren Ex erinnert, groß, kräftig, durchtrainiert.

Und wieder der Kopf. Nicht unbedingt hässlich, aber irgendwie zu groß, das Ding, im Gegensatz zu dem anderen Ding, wie sich später herausstellen soll. Höflich fragt er nach dem Verlauf der Fahrt und ob sie was Schönes angezogen habe. Alexandra lässt ihre Strapse kurz sehen. Es geht nie gleich aufs Ganze. Alexandra zieht nicht mehr ihre Nummer ab, dass sie neu sei in dem Gewerbe. Sie ist jetzt eine Professionelle. Der junge Mann ist Maurer und immer in anderen Städten unterwegs, deswegen komme er gar nicht dazu, sich eine Freundin zu suchen. Seine Wohnung ist sauber und ordentlich, eingerichtet wie zu DDR-Zeiten. Über der Couch hat er ein weißes Laken ausgebreitet.

Hier soll es also stattfinden, stellt Alexandra fest. Er bietet ihr Wasser und Zigaretten an. »W-w-w-was m-m-machst d-du so?«, leitet er das Gespräch ein.

Sie erzählt ihm von ihrer Arbeit als Schauspielerin.

Er bewundert sie und fragt: »W-w-w-warum machst du dann d-d-das hier?«

»Diese Dienstleistung wird gebraucht, du hast mich doch bestellt. Was findest du daran minderwertig? Du machst doch mit.«

»D-d-darüber habe ich noch gar nicht nachgedacht, aber das s-stimmt, was du sagst. W-w-willst du einen K-k-kaffee?«

»Nein, lieber ein Wasser.«

Ruckartig wendet sich Jens ihr zu und beginnt sie zu küssen, dann greift er ihr kühn unter den Rock und beginnt sie zu stimulieren, nicht schlecht, aber viel zu hastig. Sie sucht sein Glied in der Jogginghose. Bei dem Kerl hat sie einen ordentlichen Penis erwartet, findet aber nur ein schlaffes Glied. Wie kriege ich den bloß hoch, überlegt sie. Da das Gummiband der Hose in seinen Bauch einschneidet und sie das Gerät so nur schlecht handhaben kann, bittet sie ihn, sein Unterteil auszuziehen. Er entblößt sich ganz. Und wieder erinnert er sie an ihren Ex-Mann. Der Körperbau ist gleich, die kraftvollen Muskeln an Armen und Beinen, die behaarte Brust. Ich kann mir ja einbilden, dass es Klaus ist. Aber der konnte immer und überall, sodass es ihr schon zu viel war. Sie umarmt Jens gern, er gibt kräftig zurück, streichelt ihr Haar und Gesicht. Dann führt er ihre Hand wieder nach unten.

Alexandra streichelt, massiert und knetet. Hier muss man ja schuften wie eine Hafennutte, denkt sie. Nach und nach entwickelt sich sein bestes Stück zu einem kleinen Steher.

»B-b-b-bitte, nimm ihn in den M-m-m-mund«, sagt er schüchtern.

Alexandra folgt seiner Aufforderung und gibt sich große Mühe.

»Ich mach ihn an den Kitzler, immer hoch und runter, das ist geil, schrei, wenn du kommst«, verkündet er, ohne zu stottern.

Alexandra tut so, als hätte sie einen Orgasmus. Er freut sich so, dass er sie mit seinen starken Armen fast erdrückt.

Nun will er sein Glied zwischen ihre Schenkel stecken, es geht auf und nieder. »Ich steck ihn rein«, verkündet er, wieder, ohne zu stottern.

»Nichts ist ohne Kondom«, wehrt Alexandra ab.

Er landet schließlich in ihrer rechten Hand und kopuliert dort hinein, endlos lange. »Ich bin in deiner Muschi«, triumphiert er. Plötzlich bäumt er sich auf und gibt einen brummigen Ton von sich. Der Samen landet in Alexandras Hand. Das ist auch eine Lösung, denkt sie, das könnte man öfter so machen.

Jens legt sich auf den Rücken, zieht sie auf sich und beginnt, sie sanft zu streicheln, seine Hände bleiben auf ihrem Po liegen, er zieht sie fest an sich und flüstert ihr ins Ohr: »Das habe ich dir r-richtig gut g-g-gemacht. Ich habe g-g-gemerkt, als du g-g-gekommen bist. Das war schön. Das nächste Mal bestelle ich d-dich wieder.«

Die Zeit ist um, Alexandra zieht ihre restlichen Sachen an und bemerkt erst jetzt, dass sie das Geld (plus 10 Euro Trinkgeld) in einem Glas auf dem Tisch noch nicht angenommen hat. Jens muss sie erst darauf aufmerksam machen.

»M-m-möchtest du noch etwas t-t-t-trinken oder essen? Ich habe F-f-fleisch gebraten, bleib doch noch ein bisschen.« Essen möchte sie nichts, er packt ihr das Fleisch in Alu-Folie ein. »Hoffentlich kommst du bei dem Schneetreiben gut nach Hause«, sagt er. »Wenn was ist, ruf mich an. Ich hole dich raus, falls du stecken bleibst.« Alexandra ist gerührt, verabschiedet sich mit einem Kuss und einer herzlichen Umarmung.

Nummer 6

Alexandra bekommt einen Anruf von ihrer Chefin: »Du, der Alte aus dem Bahnhofsviertel, der mit den Rollenspielen, will mal wieder eine Dame bestellen. Er will ja sonst immer nur so ganz Junge, aber als ich ihm aufgetischt habe, dass du Schauspielerin bist, ist er ganz geil geworden. Er hat zwar ein bisschen geschluckt, als ich ihm erzählt habe, dass du schon fünfundfünfzig bist, aber da habe ich ihm seine zweiundsiebzig Lenze vor Augen geführt. Hier ist die Nummer, ruf mal an und sag mir Bescheid, wann und wo das Date ist. Mit dem kannste was erleben, ich freue mich schon auf deinen Bericht. Mach's gleich, der wartet schon.«

Das ist ja nun mal was ganz anderes, freut sich Alexandra und ruft gleich an. Es meldet sich eine erstaunlich jung klingende Stimme, der man sofort anmerkt, dass ihr Besitzer gewohnt ist, Anweisungen zu geben.

»Kannst du nicht gleich kommen?«, fordert er.

»Für wie lange?«, fragt Alexandra nach.

»Das kommt darauf an, für wie viele Rollen du taugst«, lautet die Antwort.

»Nein, so geht das nicht, ich muss schon wissen, wie viele Stunden es sein sollen. Du musst ja im Voraus bezahlen. Außerdem muss ich das meiner Chefin wegen der Sicherheit mitteilen.«

»Na gut, sagen wir erst mal drei Stunden. Wenn's gut läuft, können wir ja noch verlängern.«

»Okay, ich bin in einer Stunde bei dir. Was soll ich anziehen?«

»Kannste in 'ner Kittelschürze mit einem großen Baumwollschlüpfer drunter kommen? Der erste Auftritt heißt ›Schwiegermutter‹.«

»Klar, mach ich«, versichert Alexandra, obwohl ihr nicht klar ist, wo sie eine solche Art Unterteil finden kann. Komisch findet sie das schon, das kann doch nicht sexy sein, warum der das wohl will?

Vielleicht wollte er es schon immer mal mit seiner Schwiegermutter treiben. In ein Dessous-Geschäft braucht sie wegen des Bollerdings wohl nicht zu gehen. Ihr fällt ein, dass die Vietnamesen so etwas auf dem Markt neben dem Theater haufenweise vertreiben, billig ist es da auch. Alexandra überlegt, ob sie gleich verkleidet zu dem alten Mann gehen soll. Grellbunte Dederon-Schürze mit großem Schlüpfer drunter. Sie schaut sich im Spiegel an und findet sich bescheuert, kann nicht einmal über sich lachen. Was macht man nicht alles für das liebe Geld.

Hoffentlich passiert mir unterwegs nichts, wäre peinlich, in so einem Aufzug ins Krankenhaus zu kommen, überlegt sie. Wollte der nun Sex oder nicht? Sie kann sich nicht erinnern.

Die Nummer 14 ist eine große Villa im Jugendstil. Alles ist gepflegt, der Garten garantiert von einem Gestalter angelegt. Sie klingelt an der Gartenpforte, die öffnet sich automatisch, genauso die Haustür. Es ist kein Mensch zu sehen. Alexandra ist das etwas unheimlich. Sie befindet sich in einer riesigen Diele, die mit Jugendstilmöbeln ausgestattet ist, im gleichen Stil hängen mehrere große Bilder an den Wänden. Das scheint ein Kenner und ein Mann mit Geld zu sein.

Sie erschrickt, als ihr eine Stimme von der nach oben führenden Treppe zuruft: »Da bist du ja, Hedwig. Ich habe mich sehr auf dich gefreut. Zieh doch den Mantel aus, ich möchte sehen, wie hübsch du dich für mich gemacht hast.«

Folgsam zieht Alexandra den Mantel aus und präsentiert sich in dem peinlichen Outfit. Gleichzeitig wirft sie einen Blick auf ihren Kunden. Es ist ein großer, schlanker, aristokratisch wirkender Herr, dem man sein Alter wahrlich nicht ansieht. Sie hätte ihn auf Mitte fünfzig geschätzt. Bekleidet ist er mit einem Anzug aus Tweed, der eine Menge Geld gekostet haben muss, dazu ein passendes ockerfarbenes Hemd ohne Schlips. Wieso will der eine Frau in so einem Hausfrauenaufzug?, wundert sie sich, das passt doch gar nicht zusammen.

»Ach Hedwig, ich habe ganz vergessen, dir zu sagen, dass du die dicken Wollsocken anziehen sollst, damit du vollkommen bist. Ich habe extra welche für dich gekauft, hier, zieh sie doch bitte an, auch wenn sie in der Farbe nicht ganz zu deiner Schürze passen. Das macht dir sicherlich nichts aus, du hattest ja noch nie Geschmack.« Brav zieht Alexandra die Dinger an, wartet, was da noch passiert. »Nun komm mal her, Hedwig, und lass mich mal schauen, was du unter deinem schönen Schlüpfer verbirgst.« Damit zieht er ihr den Baumwollenen bis zu den Knien herunter und glotzt ihr Geschlechtsteil an. Behände legt er sich unter sie auf den Fußboden, befiehlt ihr, die Beine auseinanderzumachen. Alexandra kommt sich komisch vor, noch nie hat jemand so genau ihr Geschlechtsteil inspiziert. Er holt eine Brille aus der Tasche, setzt sie auf und bemerkt: »Hedwig, Hedwig, wo ist dein schöner Busch geblieben? Deine Schambehaarung hat sich aber gelichtet, das gefällt mir gar nicht. Und hattest du dich nicht vor langer Zeit an der inneren linken Schamlippe operieren lassen, weil sie so heraushing? Ich habe mir doch damals gleich gedacht, dass du dich bloß wichtigmachen willst«, bringt er mit gepresster Stimme hervor, wobei er sich immer näher dem Objekt der Begierde nähert, es aber nicht berührt. »Und dein Loch ist ja auch viel größer, als ich gedacht habe. Dein Karl muss sich mit seinem kleinen Ding gefühlt haben wie eine Bockwurst im Hausflur.«

Nun holt er eine große leuchtend rote Plasteschere – Alexandra bekommt Angst – und sortiert damit zwischen ihren äußeren und inneren Schamlippen herum. Lange kann ich in der Stellung nicht mehr verharren, denkt sie. »Noch einen Blick auf dein fettes Arschloch, dann können wir essen«, lässt er hören.

Alexandra ist erleichtert. Er führt sie ins Esszimmer, der Tisch ist exklusiv für zwei Personen gedeckt. Sie setzen sich nebeneinander, den Schlüpfer darf sie nicht wieder anziehen.

»Siehst du Hedwig, ich habe den beschissenen Kartoffelsalat gemacht, den wir immer bei dir essen mussten, dazu die Bockwürstchen. Greif zu, Hedwig, und lass es dir schmecken.«

Der Kartoffelsalat ist völlig übersäuert, eklig. Als sich Alexandra eine Bockwurst nehmen will, verwehrt der Mann es ihr und gibt ihr zu verstehen, dass sie das Teil in ihre Scheide einführen soll. Gehorsam tut sie es. Er sinkt vor ihr auf die Knie und sieht sich das Vollbrachte genau an. »Hedwig, nun schieb sie hoch und runter, dabei habe ich dich nämlich mal beobachtet, du hast es nicht bemerkt. Schneller. Na, Hedwig, macht das Spaß?« Er lacht laut und verlässt das Zimmer. Alexandra sitzt mit der Bockwurst in ihrem Allergeheimsten da und weiß nicht, wie es weitergehen soll.

Er kommt mit einem Bündel Klamotten zurück. »Schwester Erika, ziehen Sie bitte Ihre Berufsbekleidung an«, fordert er Alexandra auf. Es ist alles da, weiße Baumwollunterwäsche (darauf scheint er zu stehen), weißer Kittel und weiße Baumwollsöckchen. Na, das ist wenigstens nicht ganz so blöd wie das Kostüm vorher, frohlockt Alexandra. Er sieht sie wohlgefällig an. »Schwester, ich habe es wieder getan, obwohl Sie es verboten haben.«

»Was haben Sie getan?«, fragt Alexandra automatisch.

»Ich konnte nicht widerstehen, ich habe Ihr Foto angeschaut und dabei mehrmals masturbiert. Ich bitte um Verzeihung, Gnädigste. Es soll nicht wieder vorkommen.« Was soll denn das nun, sinniert Alexandra, der Kerl ist verrückt. »Bitte bestraft mich, Schwester, und nicht zu wenig!« Damit drückt er Alexandra eine schmale schwarze Reitgerte in die Hand und hält ihr seine Hände hin, wie früher die Schüler in der Schule vor dem Lehrer. Alexandra wagt nicht zuzuschlagen. »Ich erwarte demütig Eure Strafe, schlagt zu«, bettelt der Mann. Drei-, viermal benutzt Alexandra halbherzig die Gerte. Er stöhnt und wimmert: »Mehr, mehr, fester.« Dann zieht er sein Jackett und das Hemd aus, bedeutet ihr, sie solle auf seinen Rücken eindreschen.

Alexandra schlägt auf ihn ein, nun schon etwas dreister, und bemerkt ein erigiertes Glied in seiner Anzughose. Sie wundert sich, so etwas ist ihr noch nie passiert. Nun zieht er seine Hose aus. Sie soll das Spiel auf seinem Hinterteil fortsetzen. Je deftiger sie schlägt, umso mehr stöhnt und jammert er.

Dann nimmt er sein Glied in die Hand – sie sieht, dass er beschnitten ist – und befriedigt sich selbst, ziemlich lange. Alexandra schlägt unterdes weiter auf seinen Po ein. Kurz bevor er kommt, bittet er sie um einen einzigen Schlag auf seinen Penis. Dann ist er mit einem Urschrei erlöst, legt sich keuchend auf die Erde. Schwester Erika weiß wieder nicht weiter, da hört sie: »Schwester, Schwester, ich danke dir.« Er steht auf, als wäre nichts gewesen, zieht sich an, und schon ist er wieder der feine Herr von vorhin.

Überaus höflich bittet er Alexandra, sich noch einmal umzuziehen. Er holt eine Pagenuniform aus einem Nebenzimmer, die ihr allerdings ein wenig zu groß ist. Die Schuhe passen überhaupt nicht dazu, das scheint den Herrn nicht zu stören. Er gibt ihr Gel, damit sie sich die Haare streng nach hinten kämmen kann, die Schminke muss runter. Sie begeben sich in eine kleine luxuriöse Bar mit muschebubu-Beleuchtung. Das ist Alexandra recht, da sieht man wenigstens nicht, wie alt sie ist. Mit der Schminke konnte sie doch einige Falten verstecken.

Sie soll sich hinter den Tresen stellen und eine der Champagnerflaschen öffnen, das fällt ihr schwer. »Gib her, Kleiner, das mache ich.« Mit geübtem Griff öffnet er die Flasche und füllt zwei sehr große Sektgläser. »Prost, mein Süßer, wird Zeit, dass wir zum Abschluss kommen«, sagt er mit einem diebischen Lächeln im Gesicht.

Was soll denn das jetzt? Wenn das mit dem Gesöff so weitergeht, bin ich bald betrunken und verliere die Kontrolle, was der wohl im Sinn hat?

In diesem Moment kommt der Herr hinter den Tresen geschlichen und stellt sich hinter sie. »Alex, zieh doch mal deine Hose runter«, bittet er. Weil es nicht schnell genug geht, fummelt er an ihr oder an ihm herum. Minutenlang massiert er ihre Pobakken und stöhnt dabei wohlig. Dann trinkt er einen Schluck Sekt, nein, er nimmt ihn in den Mund und lässt ihn über ihr Poloch fließen. »So wird's schön feucht«, murmelt er. Sein rechter Zeigefinger verschwindet in ihrem After, sein Glied reibt er zwischen ihren Beinen hin und her.

»Anal war nicht ausgemacht«, protestiert sie.

»Alles eine Frage des Geldes, reichen 200 mehr?«

»Aber nur mit Gummi!«

Er zieht lässig 200 Euro aus der Jackentasche und legt sie auf den Tresen. Alexandra dreht sich noch einmal um und streift ihm das XXL-Kondom über. Hastig dreht er sie zurück, sie hält sich am Tresen fest. Dann stößt er ihr sein Glied in den After. Alexandra denkt, sie zerreißt es. Ganz langsam ist sein Rein und Raus, er genießt es und stöhnt jedes Mal. »Bück dich tiefer«, befiehlt er. Kaum ist er in ihr drin, ejakuliert er mit einem Seufzer. »Gut gemacht, mein Junge, du kannst noch mal kommen«, flüstert er.

Nummer 7

Alexandra ist genervt, den ganzen Tag muss sie dieses blöde Handy anlassen und sich jedes Mal abmelden, wenn sie irgendwohin geht, wo man das Ding ausmachen muss. Gerade als sie in der Apotheke ist, um neue Kondome zu kaufen, ruft ihre Chefin an. Die Verkäuferin schaut sie verwundert an, als Alexandra ins Telefon fragt, was das denn für ein Freier sei. Die Frau hatte sowieso schon einen eigenartigen Gesichtsausdruck, weil ihre Kundin mehrere Kondomschachteln in verschiedenen Größen ausgesucht hatte. Chefin Barbara meinte zwar, in der Drogerie seien die Dinger billiger, aber Alexandra hatte bei Stiftung Warentest gelesen, dass sie auch eher reißen. Darauf möchte sie sich nicht einlassen. Schwanger kann sie ja nicht mehr werden in ihrem hohen Alter, vor Aids jedoch hat sie unheimliche Angst. Diese schreckliche Krankheit möchte sie nicht haben. Sie lächelt die

Apotheken-Angestellte triumphierend an, bezahlt und verlässt den Raum, um weiter zu telefonieren. »Der Verrückte hat sich gemeldet, du weißt doch, der, der es immer an öffentlichen Orten treiben will. Er will eine Dame für den ganzen Tag buchen. Den Preis musst du mit ihm aushandeln, ich bekomme dann 25 Prozent und bescheiß nicht, das kriege ich raus.«

»Was heißt den ganzen Tag, wie viel Stunden? Was soll ich verlangen? Eva hat mir erzählt, dass er es an ganz riskanten Orten treiben will, bekomme ich Gefahrenzulage und holt ihr mich da raus, wenn sie mich verhaften?«

»Na, ich würde sagen, acht Stunden. Da kannst du gut und gerne 600 Eurochen nehmen, der Kerl hat Kohle, da kannste sicher sein. Was heißt Gefahrenzulage, den Preis handelst du selbst aus. Ruf doch mal Eva an, was sie genommen hat. Bisher ist da noch nichts passiert. Wenn sie dich aufgreifen sollten – was ich mir nicht vorstellen kann –, kommen wir und sagen, du wärst aus der Psychiatrie ausgerissen. Nun ruf den schon mal an. Und vergiss dann nicht, mir die Orte mitzuteilen, wo du dich befindest, wegen der Sicherheit. Das wird den zwar nerven, wenn du immer telefonierst, aber wenn irgendwas schiefgeht, muss ich schon wissen, wo du bist. Jetzt darfste zeigen, was du kannst, du bist doch Schauspielerin, das habe ich ihm gesagt, er war ganz begeistert.«

Alexandra ruft an, es meldet sich eine sonore Bassstimme mit Berliner Dialekt. »Na, meene Süße, wann wollen wir et denn miteinander versuchen? Du weeßt doch sicherlich, dass ick jerne dahin gehe, wo de Leute sich offhalten. Macht dir doch nüscht aus? Vielleicht findste ooch Spaß dran, mich macht dit richtich geil. Acht Stunden mit verschiedenen Orten, dit is doch okay, oder?«

Alexandra sagt frech, dass sie 800 Euro bekommen würde. Das ist ihm recht. Sie fragt, was sie anziehen solle.

»Weeßte wat, Kleene, zuerst schocken wir die braven Bürger im Möbelhaus. Du ziehst dir an wie so 'ne Hausmutti. Wadenlanger Rock mit 'ne schicke Bluse dazu, keene Strumpfhose und keen Schlüpper. Aufm Kopp musste aber ooch so altfränkisch aussehen. Drehst dir heute paar Lockenwickler rein.« Er erklärt ihr noch genau, vor welchem Möbelhaus sie sich treffen wollen und woran sie ihn erkennt: »Ick bin da der schönste Mann weit und breit, außerdem hab ick 'ne Bildzeitung in der rechten Hand. Dir werd ick schon erkennen. Also denn bis morgen, und pünktlich sein.«

Alexandra findet das ja ganz spannend, aber wo soll sie solche Klamotten herbekommen? So läuft nicht mal ihre Mutter rum. Ihre Oma ist zu dick. Da fällt ihr der An- und Verkauf an der Kirche ein. Sie sucht sich das Verlangte aus, ohne es anzuprobieren, freut sich über die geringe Summe, die sie bezahlen muss. Die Lockenwickler borgt sie sich bei ihrer Nachbarin, die sie etwas verdutzt ansieht. Alexandra schläft mit den komischen Dingern, obwohl ihr das schwerfällt, sie einige Male wach wird wegen der Geräte auf ihrem Kopf. Als sie sich am nächsten Morgen im Spiegel sieht, denkt sie, sie ist ihre eigene Großmutter. Passende Schuhe hat sie jedoch nicht. Bei der Familie im Reihenhaus gegenüber stehen immer solche Damenschuhe vor der Tür. Sie schaut sich um, ob sie jemand sieht, holt sich ein Paar und stopft vorn ein bisschen Watte rein, weil sie zu groß sind. Sie hofft, dass es keiner merkt, weil ja alle tagsüber zur Arbeit sind. Als sie geht, sieht sie doch einen Nachbarn und grüßt automatisch freundlich, der guckt sie verwirrt an, offensichtlich hat er sie nicht erkannt.

Schon von Weitem sieht Alexandra einen stattlichen Herrn mit einer Zeitung vor der Filiale stehen. Eifrig schaut er nach rechts und links. Beim Näherkommen erkennt Alexandra ein dümmliches Gesicht, das geölte Haar ganz korrekt gescheitelt. Ein Hitlerbärtchen lässt den Mann noch grotesker erscheinen, angezogen ist er normal mit Jeans und Ältere-Herren-Lederjacke.

»Durag« fällt ihr ein, das heißt auf Russisch »Dummkopf«. Ihr Kunde begrüßt sie außerordentlich höflich, macht ihr ein Kompliment wegen ihres Aussehens, gleichzeitig überreicht er ihr einen Briefumschlag mit dem Geld und bittet sie, nachzuzählen.

»Stimmt«, sagt Alexandra und wartet auf die Überraschung, darauf, was jetzt kommt. Sie schauen sich mehrere Schränke an und bitten dann einen Verkäufer, mit ihnen einen Kaufvertrag abzuschließen. Der Durag platziert Alexandra so, dass sie dem Angestellten genau gegenübersitzt. »Zieh den Rock hoch und mach die Beine breit«, befiehlt er ihr. Alexandra gehorcht, tut so, als sei nichts weiter. Der Verkäufer richtet ab und zu das Wort an sie und kann nicht umhin, zu dem zu schauen, was sie ihm zeigen will. Er wird rot, fängt an zu stottern, ist völlig aus dem Konzept. Der Durag beobachtet ihn genüsslich. Das geht eine ganze Zeit so, Alexandra sitzt ungerührt da und zeigt ihren Schoß. Der Verkäufer wird immer unruhiger, geht schließlich weg und kommt mit einem anderen Angestellten wieder, sie tuscheln. Alexandra – ganz die deutsche Hausfrau – sitzt brav auf ihrem Stuhl. Der Durag bemerkt: »Wir haben es uns anders überlegt.« Sie verlassen die Stätte.

Kaum vor der Tür, will er vor Lachen bersten und meint: »Jetzt haben wir uns erst mal Appetit geholt, ich habe schon einen schönen Ständer. Nun gehen wir zu den Polstermöbeln. Haste jut jemacht, Kleene.« Vor Leuten redet er hochdeutsch und verfällt dann aber wieder ins Berlinerische.

Sie fahren mit dem Fahrstuhl zwei Etagen höher. Der Durag weiß genau, wohin er will. Er steuert auf die Abteilung zu, in der Betten verkauft werden. An seiner Zielstrebigkeit errät Alexandra, dass er seine Szene schon vorher im Kopf genau durchgespielt hat. Vor einem breiten Doppelbett bleibt er stehen. »Das ist es«, sagt er »los, kriech unter die Bettdecke und lüfte deinen Rock, die Brust mach auch ein bisschen frei, ich grapsche da gern dran rum.«

Alexandra kommt sich vor wie im Film und will ihre Rolle gut spielen. Sie tut, was der Durag sagt, versteckt sich unter der Bettdecke. So schnell kann sie gar nicht gucken, schon liegt er neben ihr. Erschrocken stellt sie fest, dass er mit dem Kopf nicht unter die Bettdecke will.

»Leg dich brav hin, mit dem Kopf auf dem Kopfkissen«, gebietet er ihr. Sie liegen oben ganz ruhig, unten fummelt er an ihrem Geschlechtsteil herum, steckt seine dicken, fetten Schweinefinger in ihre Scheide, erst einen, dann zwei und dann drei. Alexandra gefällt das nicht, es tut ihr weh. »Am liebsten würde ick die Faust bei dir rinstekken«, stöhnt er.

»Dann haue ich ab«, flüstert sie. Nebenher achtet sie auf die Leute. Ein jüngeres Pärchen nähert sich, schaut sie entgeistert an.

»Wir machen hier Probeliegen, wollen Sie mitmachen?«, fragt der Durag. Der Mann und die Frau verschwinden kopfschüttelnd. »Jetzt hol mir einen runter«, fordert der Durag. So richtig steht sein Glied aber nicht. Alexandra bemüht sich, ohne viel Bewegung über der Bettdecke zu zeigen. Da kommt ein schon in die Jahre gekommenes Paar daher. Sie schauen zu ihnen, sofort wird sein Penis groß und hart.

Das braucht er also, denkt Alexandra. Die Frau kommt näher und entdeckt die beiden. »Huch!«, schreit sie. Der Mann eilt herbei und fragt entsetzt: »Ist das denn erlaubt, dürfen Sie das?«

Das Glied wird noch steifer. »Wir haben eine Genehmigung vom Chef«, behauptet der Durag.

Mich wundert, dass er bei dieser Erregung noch ruhig sprechen kann. Der Frager schaut ungläubig, die Frau tritt näher heran und fragt: »Was machen Sie denn da?«

In diesem Moment kommt der Durag. Ein riesiger Schwall Samen ergießt sich über Alexandras

Hand. Nach außen ist ihm nichts anzumerken. Ruhig liegt er da und sagt: »Man kann doch kein Bett kaufen, in dem man nicht vorher gevögelt hat.«

Alexandra bewundert ihn ob dieser Gelassenheit. Der Kunde nimmt seine Frau an die Hand, zerrt sie weg, murmelt unentwegt: »Unverschämt, unverschämt.« Sie können nicht schnell genug das Weite suchen.

»Wie kommen wir hier raus?«, fragt Alexandra.

»Zieh den Rock runter und sei wieder deutsche Hausfrau«, weist der Durag sie an. »So, und jetzt stehen wir auf und tun so, als wäre nichts gewesen.«

Alexandra schaut sich um, bekommt noch mehr Herzklopfen als vorher. Keiner da. Sie gehen einfach davon.

»Jetzt fahren wir zu mir nach Hause und du ziehst dich um«, sagt der Durag fest.

»Da muss ich aber Barbara Bescheid sagen.«

»Ach was, das merkt die doch gar nicht, das kannste sein lassen.«

»Hier geht's um meine Sicherheit«, antwortet Alexandra und greift zum Handy.

»Ick werd dir schon nüscht tun, schließlich brauch ick dir noch.«

Der Durag wohnt in einer feinen Villengegend, großes Haus im Bauhausstil, noch gar nicht so alt. Sie wird in ein riesiges Zimmer mit übergroßen hellen Fenstern geführt. Überall sind Stangen, die mit Klamotten behängt sind. Sie sind gut sortiert, nach Genre. Da gibt es die Hausfrau, die Sportlerin, die Krankenschwester, die Lehrerin, die Hure, die Lady. Alexandra kann das alles gar nicht so schnell erfassen und findet es einfach verrückt.

Lange sieht sich der Durag um, schaut sie an und beschließt dann, dass sie die Geschäftsfrau sein soll. Er geht auf einen bestimmten Ständer zu und sucht die Sachen für sie heraus.

»Wird es passen?«, zweifelt sie.

»Ick bestell die Madams immer in Größe 40, fette Weiber kann ick nich leiden.« Er wirft die Sachen mit den Worten »Der schwarze BH passt, dit kannste anbehalten, Schlüpper jibt's nich« über einen Stuhl.

Eine schwarze Strumpfhose mit einem Loch in der Mitte holt er aus einer Schublade. Alexandra hat so etwas schon mal bei Beate Uhse gesehen. Er sucht ein eng anliegendes graues Seiden-T-Shirt und ein kleines schwarzes Kostüm, dessen Rock ziemlich kurz ist, aus. Die Schuhe machen Schwierigkeiten, weil sie nicht so richtig passen wollen. Ziemlich hohe schwarze Pumps. Sie finden ein Paar, das etwas zu groß ist, da wird vorn Klopapier reingestopft.

»Nun musste dir aber noch schminken, schön dezent, nich wie 'ne Nutte, und de Haare müssen ooch schön ordentlich sein.«

Alexandra legt nicht zu dick auf. Er lässt sie wie auf einem Laufsteg ein paar Mal hin- und hergehen, nickt schmunzelnd.

In Windeseile wird aus dem Durag ein smarter Geschäftsmann, er ist wie umgewandelt. Nun ist er ein feiner Herr in einem Anzug aus gutem Tuch. Man sieht dem Kleidungsstück an, dass es sauteuer gewesen sein muss. Hemd, Schlips, Schuhe, alles genau aufeinander abgestimmt. Die Haare hat er streng nach hinten gekämmt, der Bart ist ab. Der Wandel ist wirklich erstaunlich. Er geht in überheblicher Manier ein paar Mal vor ihr hin und her, lässt sich bewundern, sieht selbstverliebt in den Spiegel.

Sind sie vorhin in einem VW gefahren, ist es jetzt ein Porsche, schnittig und elegant wie der Fahrer. Sie halten vor einer der edelsten Boutiquen der Stadt. Ganz Gentleman geht er um den Wagen herum, hilft ihr beim Aussteigen, hält ihr die Tür des Geschäftes auf. Eine Dame mittleren Alters mit schwarz gefärbtem Haar und einer Mireille-Mathieu-Frisur schreitet hoheitsvoll auf ihre Kunden zu und fragt nach ihren Wünschen. In einem Ton, als wäre sie gerade bei einer wichtigen Angelegenheit gestört worden. Alexandra ist es gewohnt, von Verkäuferinnen dieser Art gar nicht beachtet zu werden. Sie denkt in solchen Fällen über deren Bildung und ihr Gehalt, das nicht sehr groß sein kann, nach und steht über den Dingen.

Vom Gentleman hatte sie die Anweisung bekommen, die Hochmütige zu schocken. Sie ist sich noch nicht im Klaren, wie sie das anstellen soll.

Nach einem Blick aus dem Schaufenster, wo das teure Auto steht, wird die Frau freundlicher. Er behauptet, ein Festkleid zu einem Firmenjubiläum zu suchen, das nicht so auffallend ist, eher gediegen. Die Angestellte bringt drei Modelle und begibt sich mit Alexandra in die Umkleidekabine. Alexandra zieht ihr Kostüm aus und tut so, als wäre das große Loch in der Strumpfhose zwischen ihren Beinen, durch das man ihr rasiertes Geschlechtsteil sieht, normal. Der Verkäuferin ist nichts anzumerken. Das ärgert Alexandra. Sie hätte ja wenigstens ein bisschen nervös werden können. Sie beauftragt die Schöne, ihren Mann zur Begutachtung zu holen, als sie sich in ein teures Stück gezwängt hat. Er findet sie ausgesprochen gutaussehend, macht ihr Komplimente.

Mit überraschender Geschicklichkeit fasst er unter ihren Rock, trifft an der Klitoris genau die richtige Stelle, reibt intensiv, streichelt dann. »Komm, jetzt und hier«, befiehlt er ihr flüsternd, aber gebieterisch. Sie kann nicht, ihr Unterbewusstsein verbietet ihr das bei zahlenden Kunden. »Dann lass mich«, fordert der Gentlemen. Er holt sein stehendes Glied heraus, Alexandra schafft es gerade noch, ihm ein Kondom überzuziehen, drückt sie gegen die Wand und dringt in sie ein. Heftig bewegt er sich hin und her, gelegentlich kommt ein Ächzen aus ihm heraus.

»Wünschen Sie etwas?«, fragt die Verkäuferin und schiebt den Vorhang zur Seite. Alexandra ist nicht klar, ob sie mitbekommt, was sie im Moment gerade tun. Als ein »Das kann doch nicht wahr sein« von der Dame kommt, explodiert der Gentleman in ihr. Es scheint der Moment der Konfrontation zu sein, der ihn so erregt. Während die Frau im Stakkato-Schritt hinter ihre Verkaufstheke eilt und nun doch sehr unwirsch zum Telefon greift, verstaut der Gentleman seinen Penis, fasst Alexandra unter den Arm, schaut, als wäre nichts gewesen, geht lächelnd an der Boutique-Tante vorbei und bemerkt: »Wir sind doch nicht ganz zufrieden, wir kommen ein anderes Mal wieder.« Die Frau dreht den beiden den Rücken zu und telefoniert weiter. Was sie sagt, ist nicht zu verstehen.

Rein in den Porsche und weg sind sie.

Zurück geht's in die Klamottenbude. »Heute gehen wir zum Freiluftkonzert, zieh dich ein bisschen hippiemäßig an. Such dir was raus in der Abteilung Freizeit.«

Alexandra sichtet alle möglichen Modelle: Strand-, Tennis-, Golfbekleidung. Sie wählt ein langes, buntes, weites Kleid und erkundigt sich, ob das das Richtige sei.

»Okay, die Haare müssen lockerer sein, hier haste eine Trocken-Tönung. Such dir ein Paar Stiefel raus. Nimm ein Cape oder so was mit, könnte kalt werden. Wie heißte eigentlich?«

»Veronika.«

»Ach was, bei mir sind se alle Hilde.«

Während Alexandra sich eingekleidet und geschminkt hat, ist der Gentleman ein alternder Hippie geworden. Sie traut ihren Augen kaum, weil wieder ein völlig anderer Typ vor ihr steht. Schwarze enge Lederhose – der hat ja einen tollen Arsch, stellt sie nebenbei fest –, ein Hemd in der gleichen Farbe, darunter ein weißes T-Shirt. Er lächelt sie überlegen an und macht mit federnden Schritten seinen Gang durch den Raum, vergisst nicht, sich im Spiegel zu bewundern. Ein richtiger Macho. Er mustert Alexandra und gibt gönnerhaft seinen Kommentar: »Du bist fast so gut wie ich. Hilde.«

Was mag der beruflich machen?, fragt sich Alexandra. Ob er Schauspieler ist? Sein Dialekt ist jetzt weg. Woher hat der die Kohle, um sich solche Inszenierungen leisten zu können?

»Wir fahren jetzt zum Freiluftkonzert, letzte Reihe. Du weißt, was du zu tun hast?«

»Nein.«

»Haste keine Fantasie? Letzte Reihe, was kann denn das heißen?«

Alexandra guckt noch blöder.

»Wir treiben es da, möglichst so, dass andere Besucher das merken. Du weißt, da steh ich drauf. Und lass den Slip weg.«

Die Fahrt geht an den Rand der Stadt, ein riesengroßes Gelände, irre viel los, Stimmung aufgekratzt. Sie finden tatsächlich noch einen Platz in der letzten Reihe. Sie muss sich auf seinen Schoß setzen. Ohne, dass Alexandra es bemerkt hat, gelang es ihm, ein Kondom überzustreifen. Er drängt das Ding in sie hinein und hält still. Alexandra massiert mit ihrer Beckenbodenmuskulatur seine Eichel, das bringt ihn fast zum Wahnsinn. Es fasst sie um die Hüften, bewegt sie leicht auf und ab. Andere Zuschauer werden aufmerksam, sind peinlich berührt, tuscheln, schauen zur Seite. Eine maskulin aussehende Frau beschwert sich lautstark: »Das kann doch wohl nicht wahr sein, machen Sie das zu Hause!«

Er lächelt sie an und fragt süffisant: »Was meinen Sie eigentlich?«

»Das sieht doch jeder, was Sie da machen, Schweinerei.«

Nun kann er natürlich nicht mehr rauf und runter, also wieder Beckenbodenmuskel-Einsatz, Alexandra kneift so fest sie kann. Als die Dame erneut anfängt zu keifen: »Was haben Sie denn für eine Kinderstube, dass Sie es öffentlich treiben?«, packt es ihn, sein Schwanz wird supersteif, er entlädt sich, ohne sich das Geringste anmerken zu lassen, gönnt sich eine kleine Ruhepause und schiebt dann Alexandra von seinem Schoß. Ohne sich umzudrehen, zieht er sie an der Hand hinter sich her.

Nummer 8. Selbstversuch

Bereits sieben authentische Protokolle hat Martha angefertigt. Sie ist erstaunt, wie offen Alexandra über die Besuche bei den Männern berichtet. Die Dame vom Begleitservice ist eine gute Beobachterin und wahrscheinlich noch nicht so betriebsblind wie manche der anderen Angestellten. Martha hatte auch nach Stimme der Kunden, erstem Eindruck und Wohnungsmilieu gefragt und hat nun das Gefühl, dass die Schilderungen immer detaillierter werden. Nach Sex-Praktiken wagte Martha zunächst nicht zu fragen, waren ihre Protokolle über Sexualität früher doch anderer Art und handelten weniger von »Technik«. Ein Interesse daran, über intimere Dinge zu schreiben, entwikkelte sich erst nach einer sehr langen ungeplanten und unbegründet bedürfnislosen Phase. Nach einer kurzen Bekanntschaft, die nichts ergab, lernte Martha einen älteren Herrn im Chat kennen, mit dem sie erotische Anspielungen austauschte. Und sie verliebte sich in seinen Humor, seine Fantasie und Intelligenz. Das Ganze verlief zunächst digital statt genital. Gleich beim ersten Treffen verführte Martha den Mann zu seinem Erstaunen, hoffte, dass er sich beim nächsten Mal revanchieren würde. Nichts, der Geliebte schien nicht zu wissen, wo genau sich das Lustzentrum der Frau befindet. Aus den großen Versprechungen im Netz – »Deine Vibratoren, Dildos und sonstigen lustbringenden und -steigernden Gerätschaften, sie können nicht im Geringsten mit dem konkurrieren, was ich dir zu bieten habe. Es kommt wirklich auf einen Versuch an. Vielleicht kenne ich Berührungen, die du noch nicht erlebt hast« – wurde nichts. Langweiliger Hausfrauensex, Martha genießt seine Nähe. Es folgen an ihn adressierte Vermutungen, ob er sie provozieren wolle mit seiner Ungeschicklichkeit und ob er in seinem Alter Nachhilfeunterricht brauche, damit sie das bekommt, was sie haben möchte. Keine Reaktion, Martha weiß nicht, woran sie ist. Vielleicht stellt er sich auch nur dumm und lässt sich bedienen? Sie gibt konkrete Hinweise, wo er sie wie mit der Zunge berühren soll, dazu kommt es aber gar nicht. Das Verhältnis ist wieder digital statt genital. Der Geliebte zieht sich zurück. Wahrscheinlich möchte er Marthas naiven romantischen Liebesgefühlen nicht ausgesetzt sein. Martha ist es gewohnt, Sex mit Gefühlen zu verbinden. Sie will lernen, beides voneinander zu trennen.

Nun aber ist Marthas Libido geweckt. Die Vibratoren »Herr Rosa« und »Icke« – liebevoll von dem abwesenden Verehrer umgetauft, obwohl er nie Kontakt mit ihnen hatte – sind auf die Dauer auch langweilig, wenn die Fantasie einer lustvollen Erinnerung fehlt.

Da kommt doch der Anruf von Barbara, der Chefin des Begleitservice, gerade richtig: »Hallo Martha, Luna ist im Krankenhaus, sie hätte heute einen Stammkunden bei dir in der Nähe. Er soll ganz toll aussehen, zärtlich sein und ein göttlicher Liebhaber noch dazu. Er bereitet immer etwas zu essen vor. Vier Stunden, das ist viel Kohle. Alexandra hat keine Zeit. Mach doch mal einen Selbstversuch, dann kannst du bestimmt besser darüber schreiben.«

Martha denkt: Wäre ja nicht schlecht, aber kann ich das? Mit einem wildfremden Mann ins Bett gehen? Wer weiß, was ich da alles machen muss? Sie denkt an Alexandras Aussage: »Die Frau ist die Chefin, sie bestimmt, wo es langgeht. Bitten können, müssen aber nicht erhört werden. Sie fressen einem aus der Hand.« Die Gedanken an guten Sex in einer so ungewöhnlichen Situation reizen Martha. Sie sagt zu. »Du bist neunundvierzig und arbeitest als Musikerin«, bringt Barbara ihr bei.

»Da kann ich mich noch so viel schminken und es kann ganz dunkel sein, das nimmt mir keiner ab, das sind fünfzehn Jahre Unterschied. Sag wenigstens fünfundfünfzig«, wendet Martha ein.

»Die wissen doch, dass geschummelt wird, wenn ich das sage, denken die, du bist siebzig. Verlass dich da mal auf meine Erfahrungen«, gibt die Chefin zurück.

Beim Anruf meldet sich eine junge fröhliche Stimme. Vereinbarte Uhrzeit: 22.00 Uhr, nur zwölf Kilometer entfernt. »Was soll ich anziehen?«, fragt Martha.

»Was ganz Enges, Oberteil und Unterteil, muss sexy aussehen.«

O Gott, was mache ich mit meinen drei Kilo zu viel, da muss ich vorher noch ins Fitness-Studio rennen, stellt Martha fest.

Dreimal zieht sie sich um, findet jedes Mal, dass der Bauch zu dick ist. Endlich ist sie zufrieden, ein nicht ganz eng anliegendes gestreiftes Jerseykleid, Leggings und Schaftstiefel, darunter schwarzes BH-Hemd und Seidenslip, String-Tanga sieht in ihrem Alter beschissen aus. Nervös läuft sie im Zimmer auf und ab, stellt sich vor, was passieren könnte.

Sie klingelt pünktlich an der Leiste neben dem Eingang des Neubaublocks. In der ersten Etage ist eine Tür geöffnet, neugierig geht Martha darauf zu und traut ihren Augen nicht. Da steht ein ziemlich großer athletischer junger Mann, der sie mit einem gewinnenden Lächeln begrüßt: »Da bist du ja, gut siehst du aus, wow. Komm erst mal rein, wollen wir Sekt trinken?«

Martha ist sprachlos und nickt nur.

»Ich bin Jerome«, prostet er ihr zu, »steck doch gleich mal das Geld ein, vier Stunden, okay?«

Ehe Martha antworten kann, klingelt ihr Handy. Barbara rügt sie: »Du solltest dich melden, wenn du in der Wohnung bist. Ruf an, wenn du gehst. Das ist zu deiner Sicherheit.«

»Wenn du das nicht machst, ruft sie dich an«, amüsiert sich der Mann. Er erzählt von seiner Arbeit, er ist Koch in einem Luxus-Restaurant, Chefkoch. »Ich habe uns etwas gezaubert«, bemerkt er und kommt mit einer Platte, auf der sich Sushi-Happen befinden. Jerome fragt sie nach ihrem Job aus, hört zu, stellt Fragen. Unerwartet schaut er Martha an und äußert: »Du gefällst mir, hast eine schöne Ausstrahlung.«

Martha gibt das Kompliment zurück, denkt: Wenn du wüsstest, wie alt ich bin. Muss ich hier anfangen oder er?

Jerome rückt immer näher, fängt an, sie leidenschaftlich zu küssen, zieht sie auf seinen Schoß. Nach und nach entkleidet er sie, bis auf die Unterwäsche. Mit einem »Hier ist es unbequem, lass uns rübergehen« nimmt er sie auf den Arm und trägt sie zu seinem Bett. Zärtlich küsst er ihr ganzes Gesicht und den Hals, worauf Martha wegen des Kitzelns kichern muss. Er rutscht tiefer, um an ihren Brustwarzen zu saugen und sie zu umkreisen, gleichzeitig spürt Martha sein kräftiges Glied, das er an ihrem Geschlecht auf und ab reibt. Unter kleinen Bissen zieht er Marthas Unterwäsche aus, streichelt und küsst sie sanft zwischen den Beinen. Geschickt und schnell entledigt er sich seiner Sachen, sie sieht einen makellosen Körper mit einem steil aufgerichteten Phallus. Besonders die Eichel ist sehr ausgeprägt und in der Hautfarbe wesentlich dunkler als die anderen Körperteile. Mit Freude empfängt Martha den Penis im Mund, macht all das, was sie sich vorher im Internet unter »Fellatio« herausgesucht hatte. Sie kreist um die Kuppe, Jerome stöhnt. Sie tastet sich mit ihrer Zunge zu dem Übergang vom Kopf zum Schaft vor, widmet dieser Furche ihre Hauptaufmerksamkeit. Sie wandert einmal um diesen Teil herum, um zur Unterseite des Penis zu gelangen. Hier befindet sich eine Art Naht, es beginnt die Vorhaut. Martha klopft mit ihrer Zungenspitze leicht auf diesen Punkt, was Jerome fast zum Wahnsinn treibt.

Dann wendet sie sich den Hoden zu. »Nimm sie bitte in den Mund«, fordert Jerome sie auf. Sie sind groß und Martha weiß nicht so richtig, was sie damit anfangen soll. Sie liebkost sie einfach mit der Zunge, den Tönen nach zu urteilen, die ihr Partner von sich gibt, scheint es ihm zu gefallen. Gleichzeitig massiert sie die Stelle zwischen Penis und After, was ihm ein wohliges Grunzen entlockt.

Dann bedeutet er ihr, von ihm zu lassen, hockt sich zwischen ihre Beine, tastet mit der Zunge ihre Schamlippen ab, verweilt kurz beim Scheideneingang und dem Eingang des Afters, findet durch geschickte Fingerübungen schnell ihre pulsierende Klitoris. Er schiebt alle störenden Hautstücke zur Seite und nach oben, sodass er den bebenden Hügel völlig freilegt. Genüsslich betrachtet er diese Stelle und stellt immer wieder fest: »Ist die schön.« Jetzt beginnt er, auf dem kleinen Berg mit der Fingerkuppe hin- und herzustreichen, erst langsam, dann immer schneller. Dazu holt er sich Feuchtigkeit aus ihrer Scheide und nimmt gelegentlich Spucke dazu. Martha spürt, dass ein Orgasmus naht, ihr Unterleib fängt an zu zittern. Schon ist er wieder mit der Zunge bei ihr, umkreist ihr Liebstes. Sie denkt, ihr schwinden die Sinne. Genau in diesem Moment hört Jerome auf, Martha bebt. Ganz lieb streichelt er ihren Rücken und ihren Hals, leitet sie wieder zu seinem nun kleinen Glied. Kaum hat Martha ihn in ihre Mundhöhle geschoben, geht er ruckartig in die Höhe, versteift sich stolz. Martha saugt an der Eichel, zieht mit den Lippen die Vorhaut hoch und runter. Sie spürt eine Flüssigkeit und weiß, dass er nun bald kommen müsste. Vorsichtig führt er sein Glied in sie ein, bewegt sich genüsslich mit leichtem, angenehmem Druck auf und ab. Immer wenn er aus ihr herauswill, spannt Martha ihren Beckenbodenmuskel an und zieht ihn wieder zurück. »Du kneifst wunderbar«, bestätigt er ihr. Sie hat das Gefühl, dass er immer größer in ihr wird. Er zögert, ein paar Mal stößt er schnell in sie hinein und zieht sich dann wieder zurück. Er ist ein Genießer. Endlich wird Jerome wild und entlädt sich. Er liegt auf ihr und sie spürt seine Zuckungen, streichelt und küsst ihn. Er streckt sich wohlig aus und sagt leise: »Danke, jetzt soll es für dich sein.« Er begibt sich zu ihrem Schoß, sucht mit der Zunge die Stelle, klopft sacht auf sie ein. Als er anfängt zu kreiseln, überkommt Martha das glückselige Gefühl. Er steckt seinen Finger in ihre Scheide, um das Nachbeben zu spüren, dabei nimmt er sie fest in den Arm und legt den Kopf auf ihre Schultern. Lange bleiben sie so liegen.

Dann sitzen sie und reden über Gott und die Welt, immer ineinander verkeilt, die Nähe des anderen suchend. Sie küssen und berühren sich überall wie ein Liebespaar.

»Warum tust du das, so wie du aussiehst und wie du bist, müssten dir doch die Frauen hinterherlaufen«, erkundigt sich Martha.

»Mit meinen Schichtdiensten kommt keine Frau zurecht, hin und wieder mache ich auch längere Reisen auf Luxusdampfern, da bin ich manchmal monatelang weg. Bleib heute Nacht hier«, bittet er, ohne sich dabei etwas zu vergeben.

»Das geht nicht, da bekomme ich Ärger mit der Agentur, außerdem liegt meine kranke Mutter bei mir zu Hause.«

»Dann komme ich mit zu dir.«

»Lass es lieber so, wie es ist.«

Es ist kurz vor zwei, Barbara ruft an, um ihren Abschied zu überprüfen.

»Du überlegst es dir nicht?«

»Nein, geht nicht.«

»Gut, dann buche ich dich das nächste Mal wieder. Du kannst dich drauf verlassen. Ich bringe dich noch zum Auto.« Innig umarmt legen sie den Weg zurück. Zum Abschied ein leidenschaftlicher langer Kuss, Martha kann kaum widerstehen, möchte eigentlich zurück. In den nächsten Tagen befällt sie oft die Versuchung, Jerome anzurufen. Sie tut es nicht.

Nummer 9

Anruf von Chefin Barbara: »Du, Alexandra, ich habe da eine Anzeige im »Wanderboten« gelesen: »Geschäftsmann ertrinkt im Arbeitsstress, braucht dringend sexuelle Abwechslung. Finanzielle Unterstützung, wenn notwendig, möglich.« Ich habe mich schon mal rangetastet. Er akzeptiert unseren Preis. Zwei Stunden, wo, war noch nicht klar. Hier ist die Telefonnummer, meld dich mal bei ihm. Du bist vierundfünfzig und arbeitest als Krankenschwester bei einem Gynäkologen. Ist doch mal etwas anderes als Schauspielerin. Sag Bescheid, wenn das Date klar ist.«

Alexandra wählt die Nummer. Es meldet sich eine junge forsche Stimme. Als sie ihr Anliegen vorgetragen hat, fragt er: »Wie siehst du aus?« Alexandra beschreibt ihr Aussehen, ohne zu übertreiben.

»Wie alt bist du denn, junger Mann?«

»Vierundvierzig«, ist die prompte Antwort, »das Telefon klingelt hier wie verrückt. Ich rufe dich morgen zurück.«

Das tut er am nächsten Tag um die Mittagszeit wirklich. Sie handeln aus, was möglich ist. Normaler Sex mit oral, kein anal und kein Natursekt, ganz einfach wie zu Hause. »Und wo wollen wir das machen? Du hast doch bestimmt eine Partnerin, bei dir zu Hause wird es wohl nicht gehen?«, fragt Alexandra.

»Können wir nicht zu dir gehen?«

»Nein, das ist mir zu intim, ich trenne das ganz genau, lass dir was einfallen, kannst mich ja noch mal anrufen.«

»Tiefgarage«, kommt als Vorschlag.

»Ich bin doch nicht verrückt, so ein hässlicher und unbequemer Ort.«

»Männer haben eben andere Fantasien. Lass uns auf dem Parkplatz vor dem Gewerbepark treffen.«

»Nein, da ist es dunkel und kein Mensch hält sich dort auf. Nachher bist du ein Mörder oder ein Vergewaltiger. Überleg dir was Vernünftiges und sag mir Bescheid.«

Alexandra bespricht ihren Anrufbeantworter neu, wenn Bekannte anrufen, werden sie verwirrt sein. »Zu Hause bist du also auch nicht, ruf mich an!«, lautet der Befehl auf ihrem Anrufbeantworter. Sie ruft zurück: »Wie heißt du eigentlich?«

»Wolfgang. Pass auf, wir treffen uns auf dem Parkplatz vor der katholischen Kirche, wäre schön, wenn du dich sexy anziehst.«

»Welche Größe hast du bei den Kondomen?«

»Ich wusste gar nicht, dass es da Unterschiede gibt. Ein Schwarzer bin ich jedenfalls nicht.« Alexandra findet die Bemerkung unpassend. »Ach so, könntest du einen Vibrator mitbringen?«

»Welche Farbe?«

»Das ist mir egal, Hauptsache, schön groß. Also bis nachher.«

Ein großer Mercedes kreist auf dem Parkplatz herum. Alexandra steigt aus ihrem Auto und geht auf ihn zu. Am Steuer sitzt ein gutaussehender kräftiger junger Mann. Seinen Bauch sieht sie erst später.

»'n Abend, steig ein.«

»Willst du mich nicht erst einmal richtig anschauen?«

»Hab ich schon, du gefällst mir. Wir fahren erst mal ins Rex und trinken was, damit wir in Stimmung kommen.«

Das Rex hat geschlossen, aber nebenan das Lax hat auf, beides Szenekneipen. Gott sei Dank sind keine Bekannten da. Wolfgang bestellt sich ein Mixgetränk mit viel Schnaps drin. Alexandra trinkt einen Piccolo. Sie plaudern über dies und das, oberflächlich, das Wetter, die Finanzkrise, Autos. »Wieso machst du diese Arbeit? Wegen des Sex oder wegen der Kohle? Du bist ja ganz schön mutig in deinem Alter.«

»Ich wollte einfach mal sehen, was so abgeht in dieser Branche, ist doch interessant und das Geld ist auch nicht zu verachten, so viel verdient man als Krankenschwester nicht.«

»Aber auf diese Art und Weise findest du garantiert keinen Kerl.«

»Will ich auch gar nicht. Mir geht's gut allein. Ich brauche nicht so einen Macho, für den man alles machen muss. Wo gehen wir eigentlich hin oder hast du es dir anders überlegt?«

»Ich habe in einem Hotel gleich hier um die Ecke ein Zimmer reserviert, wenn du willst, können wir jetzt anklingeln. Willst du wirklich?«

»Ja, ist okay, sonst würde ich es schon sagen.« Der junge Mann kommt Alexandra plötzlich verunsichert vor, er hat wohl Angst vor der eigenen Courage bekommen. Sie machen weiter Smalltalk. »Soll ich jetzt da anrufen, bist du dir sicher? Wir können auch wieder gehen, dann war's das.«

»Nun sind wir einmal hier, nun ruf schon an.«

Ein kurzes Gespräch, er zahlt und sie verlassen den Ort. Beim Hinausgehen fasst er Alexandras Hand, dann legt er den Arm um ihre Schulter. Im Auto fängt er an, rumzuknutschen und ungeschickt an ihr herumzufummeln.

»Du musst erst bezahlen, ehe es losgeht«, erinnert Alexandra ihn.

Er überreicht ihr ein kleines billiges Schmuckkästchen und zählt ihr das Geld vor. »Hast du den Vibrator auch nicht vergessen?«

»Alles da.«

Im Hotel angekommen, müssen sie ein Formular mit Name und Adresse ausfüllen. Alexandra ist sich nicht sicher, was sie dahinschreiben soll. Sie entscheidet sich schließlich für einen fremden Namen und eine fremde Adresse. Sie schielt auf den Zettel ihres Begleiters, kann aber nichts erkennen.

Das Zimmer ist sehr klein und luxuriös eingerichtet. Mit den Worten »Trainingssachen sind unverfänglich« holt Wolfgang eine Flasche Sekt aus der mitgebrachten Sporttasche. Alexandra meldet sich bei Barbara und macht genaue Angaben zu Hotel und Zimmernummer.

»Wie geht es weiter?«, fragt er.

»Ich würde sagen, wir ziehen uns erst mal aus.« Alexandra war es für halterlose Strümpfe zu kalt, aber ihre Dessous können sich sehen lassen. Ein miederartiges, hinten geschnürtes schwarz-weißgestreiftes Oberteil mit Spitze, dazu ein Stringtanga mit einem Loch vorn. Langsam zieht sie sich aus und genießt seine Blicke. Nackt sieht Wolfgang gar nicht mehr so gut aus. Die Jeans hat seinen dicken Bauch zusammengehalten, seine wabbeligen Brüste stehen ab wie bei einer jungen Frau. Sein für so einen kräftigen Mann kleines Gebilde hängt traurig herunter. Jetzt weiß Alexandra mal wieder, warum man Schlappschwanz sagt. Sie legen sich auf das breite Bett und er knutscht. Wie einen Keil stößt er seine Zunge in ihren Mund und grapscht an ihren Brüsten herum. »Die sind geil, die machen einen so richtig an, dazwischen will ich nachher ficken.« Worte diese Art werden beim Begleitservice eigentlich nicht benutzt. Er bedeutet ihr, sein kleines Ding in den Mund zu nehmen, was sie auch tut. So richtig weiß sie aber nicht, was sie mit dieser wankelmütigen Nudel anfangen soll. Sie lutscht daran herum. Es ist nicht einmal die Eichel zu spüren. Lange gibt sie sich Mühe, nichts passiert. Mit den Worten »Da hast du dich aber ganz schön abgerackert« nimmt er sie von seinem Glied weg und beginnt, mit kräftigen Fingern ihr Geschlechtsteil zu bearbeiten. Tagelang spürt sie noch Schmerzen in der Scheide und an der Klitoris. Ruckartig stößt er den rechten Mittelfinger wie eine Maschine in ihre Öffnung. Als er das Gleiche mit ihrem Anus versuchen will, schreitet Alexandra ein: »Anal war nicht abgemacht, lass das sein.«

Nur zögernd reagiert der Freier. Was machst du, wenn der dich jetzt da hinten nicht in Ruhe lässt?, überlegt Alexandra, aber Wolfgang wendet sich wieder ihrem Geschlechtsteil zu. Er fuhrwerkt zwischen den kleinen und den großen Schamlippen herum und flüstert heiser: »Hier spritze ich gleich ab, eine ganz große Ladung wird das.«

Wie soll denn das funktionieren mit dem Jammerlappen?, zweifelt Alexandra. Als er wieder ihr Zentrum der Lust drangsaliert, spielt sie ihm einen Orgasmus vor, damit er von ihr lässt.

»Siehst du, ich habe es geschafft«, triumphiert er, »ich bringe es immer, bei jeder. Hol doch mal den Vibrator, dann kannst du mich noch ein bisschen verwöhnen.« Alexandra hatte eigentlich angenommen, dass dieser zu ihrer Befriedigung eingesetzt werden sollte. Nein, sie muss den Aufsatz, der sonst die Klitoris streichelt, nach seinen Anweisungen um seinen Hoden herum vibrieren lassen. Den Damm soll sie einschließen und den Vibrator in seinen Po einführen.

Da weigert sich Alexandra: »Erstens ist das Ding zu groß für deinen After und zweitens hat mein Vibrator nichts in deinem Arsch zu suchen.

Da musst du deinen eigenen nehmen. Und anal ist bei mir einfach nicht drin, von beiden Seiten nicht.«

Er bettelt noch ein Weilchen. »Ich habe es dir doch so schön gemacht. Nun steck ihn da rein!« Dann wird er ungehalten: »Dafür habe ich dich bezahlt!«

Wenn ich dem jetzt die Wahrheit sage, rastet der aus. Oh, oh, das sieht aber gefährlich aus hier, denkt Alexandra.

»Anders kriege ich keinen hoch«, versucht er es noch einmal. Ganz sachlich erklärt sie ihm, dass Sex dieser Art nicht vereinbart war und nicht stattfindet.

»Du Nutte, dann will ich mein Geld wieder haben oder verschwinde.« Sein Gesicht ist wutverzerrt. Jetzt ist Alexandra alles egal. Schnell überlegt sie, dass sie keinen Menschen in dem Hotel gesehen hat, nimmt ihre Sachen und ihre Tasche und verschwindet nackt vor die Tür. In Windeseile zieht sie ihren langen Mantel an, verstaut die Klamotten darunter und sieht zu, dass sie von dem ungastlichen Ort verschwindet.

Aufgeregt betritt sie eine Kneipe gegenüber und fragt, ob sie gegen Bezahlung die Toilette benutzen dürfe. Dort ruft sie erst mal Barbara an, schildert den Sachverhalt.

»Bleib, wo du bist, ich schick dir jemand zum Abholen. Hab keine Angst, es kann dir nichts passieren. Trink einen Cognac auf Rechnung unseres Hauses zur Beruhigung.«

Alexandra setzt sich in die hinterste Ecke und beobachtet die Eingangstür des Hotels. Nach etwa fünfzehn Minuten sieht sie Wolfgang in Eile das Haus verlassen. Verstohlen schaut er um sich, kommt aber nicht auf die Idee, in die Kneipe zu blicken.

Alexandra bemerkt ein Zittern an sich und ihr fällt ein, dass sie den Vibrator hat liegen lassen. Scheiße, aber den hätte ich jetzt auch nicht mehr benutzen wollen. Vielleicht spendiert mir die Agentur einen neuen, denkt sie.

Ein großer kräftiger Mann, der an einen Bodyguard erinnert, betritt die Gastlichkeit und kommt genau auf ihren Tisch zu. »Ich bin André und komme von Barbara. Ich bringe dich zu deinem Auto, nicht, dass der Kerl dir dort auflauert. Keine Angst, der hat keine Chance.« Sie machen sich auf den Weg. »So was kommt Gott sei Dank ganz selten vor«, bemerkt André, »und dafür sind wir dann ja da.« Sie kommen unbehelligt zu ihrem kleinen Wagen. »Du fährst jetzt hinter mir her und wir halten uns erst ein Weilchen bei mir auf, dann bringe ich dich nach Hause. Das Auto lässt du sicherheitshalber bei mir stehen.«

Es wird noch eine gemütliche Plauderstunde mit dem gut aussehenden jungen und erstaunlich höflichen Mann. Als er ihre Wohnungstür aufschließt und sich von ihr verabschiedet, hat sie ihre Ruhe wiedergefunden.

Nummer 10

Es ist Samstagmittag, als Alexandra der Anruf von der Agentur erreicht: »Ja, ich weiß, dass du eine Pause einlegen willst, verstehe ich auch, aber ich habe keine Mädchen. Luna ist immer noch im Krankenhaus, Karins Mann hat da was mitgekriegt, die kann vorläufig nicht. Du musst jetzt einfach einspringen. Es ist ein ganz *Netter*, er ist schon zweiundsechzig, das könnte doch deine Kragenweite sein. Zwei Stunden in so einem Kaff in der Nähe, hört sich wirklich gut an, sonst würde ich dich nicht darum bitten. Ich weiß doch, dass du nicht nein sagen kannst.«

»Sag schon die Nummer. Wer bin ich denn diesmal? Wenn du meine Identität so oft wechselst, kann ich mir die Einzelheiten gar nicht gut merken.«

»Na gut, dann bleiben wir bei der Krankenschwester, das kommt immer gut an. Neunundvierzig, wie immer.«

Als Alexandra anruft, meldet sich ein älterer, bescheiden klingender Mann, der nach ihrem Alter, der Größe und dem Gewicht fragt. Was er hört, scheint ihm angenehm zu sein. Ob sie sich nicht duzen könnten, fragt er, das wäre sonst so steif. Sie vereinbaren 15.00 Uhr.

»Kannst du auch Spielzeug mitbringen?«

»Was stellst du dir denn so vor?«

»Na, vielleicht einen Vibrator?«

Scheiße, denkt Alexandra, damit wollte ich eigentlich nichts mehr zu tun haben. Am besten, ich bringe dem Herrn gleich bei, was nicht geht.

»Gut mache ich, ich habe einen mit einem stimulierenden Aufsatz oben drauf. Soll's der sein?«

»Ja, das wäre in Ordnung.«

»Aber nicht anal«, verkündet Alexandra vorsichtshalber.

»Ach was, das ist nicht mein Ding. Also 15.00 Uhr, ich heiße Kurt, bin aber schon zweiundsechzig, hoffentlich stört dich das nicht.«

»Das macht nichts, bis gleich. Soll ich mein Auto um die Ecke abstellen?«

»Du kannst hier auf dem Hof parken, brauchst dann nicht lange nach einem Parkplatz zu suchen.«

Alexandra sieht auf ihrem Navigationsgerät, dass der Ort fünfundvierzig Kilometer weit entfernt ist. Bis achtzig Kilometer muss sie ja laut Vertrag ohne Benzingeld fahren. Sie findet, dass das ganz schön viel ist und große Kosten verursacht.

Es ist kurz vor drei, als sie das Haus Nummer 10 findet. Eine abgetakelte alte Villa, in der keiner wohnt. Will dich hier jemand verscheißern?, überlegt sie. Schon wieder so ein gruseliger Ort, Angstgefühle überkommen sie: Hätte ich den Auftrag bloß nicht angenommen. Kein Mensch in der Nähe. Sie schleicht um das marode Gebäude, da die Sonne hell scheint, kann man den verwahrlosten Zustand gut erkennen. Auf der Rückseite scheint jemand im Souterrain zu wohnen, es sieht sehr einfach aus und es ist die richtige Adresse.

Eine Klingel gibt es nicht. Alexandra klopft an die Tür. Es öffnet ein älterer, nicht sehr großer Herr in schlichter Kleidung mit schönem weißem Haar. Was wird denn das werden?, fragt sich Alexandra, der sieht ja älter aus als ich.

»Komm rein, ich bin Kurt«, bittet er sie in das einzige Zimmer, eingerichtet wie in der DDR. An der Seite vor dem Fenster steht ein Bett. An dem Muster der Bettwäsche sieht man, dass sie aus der Zeit vor der Wende stammt. Allerdings zeigen die Kniffe und Falten, dass sie frisch aufgezogen wurde. In der Mitte vor einer klitzekleinen Küchenzeile steht ein runder Couchtisch mit zwei Stühlen aus den zwanziger Jahren.

Alexandra meldet ihre Ankunft bei Barbara. »Das ist bei euch ja wie beim Militär«, bemerkt Kurt.

»Das ist zu meiner Sicherheit«, erklärt Alexandra.

»Ich tu keinem was.«

»Das glaube ich dir, aber es gibt ja auch Männer, die anders sind.« Sie denkt mit einem unangenehmen Gefühl an ihren letzten Kunden.

Kurt läuft nervös hin und her, erklärt, dass er aufgeregt sei, weil er das noch nie gemacht habe.

»Ach weißt du, ich mache das auch erst das dritte Mal«, beschwichtigt ihn Alexandra.

»Ja, aber was soll man denn machen, wenn man mal Spaß haben will? Immer nur unter der Dusche, das ist doch nicht schön. Ich finde das unwürdig. Ich habe es immer so gern mit einem Weib gemacht, da hatte ich so viel Spaß.«

»Das mit dem Masturbieren sehe ich nicht so, das machen doch alle, die allein sind, Frauen genauso wie Männer.«

Alexandra fühlt sich überlegen, will das aber nicht raushängen lassen, um ihn nicht noch kleiner zu machen, als er sich fühlt. »Wollen wir nicht erst mal einen Kaffee zusammen trinken und plaudern, damit wir uns etwas kennenlernen?«

»Na klar, aber ich habe keine Milch, ist das schlimm? Wenn ich das gewusst hätte, wäre welche da. Entschuldige bitte.«

»Ist doch nicht schlimm, nehme ich etwas mehr Honig«, erklärt Alexandra und weist auf das auf dem Küchenbord stehende Glas.

»Früher war bei mir alles besser, das war, bevor ich den Unfall hatte. Nun geht gar nichts mehr. Aber nun bist du ja da. Ich weiß bloß nicht, wie wir anfangen wollen.« Er lächelt verlegen. Das Lächeln ist schön und macht ihn sympathisch. Er muss so ein ganz Gutmütiger sein. Wieder läuft er in dem kargen Raum auf und ab, geht durch eine Tür zur Toilette, kommt zurück, weiß nicht weiter. Alexandra muss auch mal aufs Klo, bevor es losgeht. Der kleine Raum mit Dusche ist pingelig sauber. Die Kosmetikartikel stehen in Reih und Glied, in einem Regal uralte saubere Handtücher.

Das werde ich wohl jetzt in die Hand nehmen müssen, denkt Alexandra, als sie zurückkommt. »Wir ziehen uns jetzt aus. Ich habe extra schöne Unterwäsche für dich angezogen, soll ich etwas anbehalten?«

»Ja, behalte das Oberteil an, es sieht so sexy aus, das macht mich an.« Alexandra hat die rote geschnürte Korsage angezogen, dazu einen passenden Spitzenslip.

Sie holt ihre Utensilien, die Gleitcreme, die Kondome und den Vibrator. Kurt setzt sich vor sie und bittet sie, die Beine so weit wie möglich auseinander zu stellen. Was geht hier los, fragt sich Alexandra. Was habe ich zu tun? Sie nimmt sein lebloses Glied in die Hand und versucht, etwas daraus zu machen, zwecklos. Inzwischen hat Kurt die verschiedenen Funktionen des Vibrators bewundert und will zur Tat schreiten. Er benutzt das Gleitgel und führt den Vibrator ein. Nach einiger Zeit fragt er immerzu: »Ist das nicht schön, ist das nicht geil?« Bei Alexandra stellen sich wirklich Gefühle ein, weil er das Gerät so geschickt benutzt, es fällt ihr nicht schwer zu stöhnen. Immer wieder die gleichen Aufforderungen: »Sag, was, los sag was«, eher bittend als befehlend. Alexandra weiß nicht, was sie sagen soll, normalerweise redet sie dabei nicht. »Zeig mir deinen Kitzler, mach ihn groß.« Alexandra zieht ihre Schamlippen nach oben. Kurt freut sich über das, was er zu Gesicht bekommt. Sie hat die Augen zu und weiß nicht, wie er aussieht, sie hört nur seine Worte: »Das sieht ja toll aus. Das muss ich jetzt richtig bearbeiten.«

Womit er das tut, weiß Alexandra nicht, er trifft aber mit Sicherheit die Stelle, die es passieren lässt. Er ist ganz glücklich darüber. Gelegentlich hat sie versucht, sein Glied zu stimulieren, war aber ob seiner intensiven Tätigkeiten davon abgekommen.

»Was soll ich tun, damit es schön für dich ist?«

»Es ist in Ordnung so, ich möchte nur, dass du kommst, daran kann ich dann später immer denken.« Wobei, fragt Alexandra nicht. »Wollen wir noch mal?« Diesmal steckt er den Zeigefinger in ihre Scheide und bearbeitet mit dem Daumen gekonnt ihren Hügel. Für sie fühlt es sich an, als wäre alles da unten eine Klitoris, es ist ein sanftes ewiges Kommen, sie genießt es und es stellt sich ganz unspektakulär ein Orgasmus ein, den sie ihm durch einen Aufschrei demonstriert. Für Alexandra ist das wie eine Befriedigung ohne körperlichen Kontakt. Es fühlt sich seltsam technisch an.

Sie nimmt das Gespräch wieder auf, streichelt ihn sacht mit den Füßen, weiß nicht, ob ihm das guttut, keine Reaktion. Er zeigt nun öfter sein schönes Lächeln. Vielleicht war er mal ein attraktiver Mann? Er erzählt von seinem Alltag, von seinem Alleinsein, ohne zu jammern, wie ein sachlicher Bericht. Und das Erstaunliche dabei ist, dass er trotz dieser nicht zu verleugnenden Armut Würde besitzt. Es ist schlecht zu beschreiben. Nicht anklagend, sondern erstaunt setzt er sich mit der Gefühllosigkeit im Alltag und der Verrohung unserer Gesellschaft auseinander. Ja, es gibt da eine Frau, die ihn interessiert, zehn Jahre jünger, aber für sie sei er nicht agil genug. Wieder eine Feststellung bar jeglicher

Gefühle. Freunde habe er, ja, aber die wohnen weit weg. Er gehe viel spazieren und habe eine kleine Werkstatt hinter seiner Wohnung, wo er sich viel beschäftige. Er führe kleine Reparaturen für Nachbarn, Bekannte und Freunde aus. »Ich helfe gerne anderen, wenn sie es zu schätzen wissen«, sagt er stolz. Kinder keine. Ehe schon vor langer Zeit geschieden. Pessimismus. Nun will ihn keine mehr haben.

Alexandra redet ihm Mut zu, macht ihm Vorschläge zur Lebensgestaltung und Komplimente dafür, was er für ein guter Liebhaber ist, ist er wirklich, wenn frau nur Befriedigung ohne Berührung haben will. Sie ruft Barbara an, dass sie nun gehen würde. Kurt möchte noch eine Zigarette mit ihr rauchen, das tut er nur zu besonderen Gelegenheiten. Sie schweigen zusammen und es herrscht eine ungewöhnliche Eintracht. Barbara ruft wieder an. »Okay, wir haben noch 'ne Zigarette zusammen genossen, ich ruf dich vom Auto aus an.«

»Militärisch«, meint Kurt. Sie küsst ihn zum Abschied sanft auf die Wange. Da hat er wieder dieses betörende Lächeln.

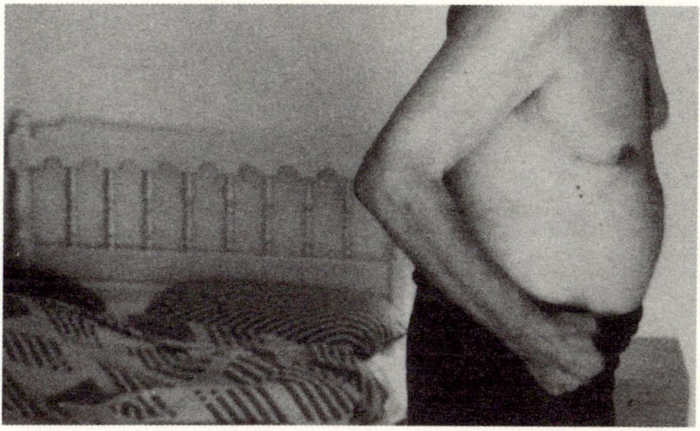

Nummer 11. Telefonsex

»Hast du schon mal Telefonsex ausprobiert?«, fragt die Agenturleiterin Alexandra.

»Nein. Ich rede nicht so gern und habe keine gute Fantasie. Warum?«

»Lena ist mit ihrem Kind zur Kur, sie macht das sonst. Willst du nicht einspringen? Kannst 'ne Menge Kohle dabei verdienen. Brauchst doch nur das zu erzählen, was du sonst tust, so schwer ist das nicht.«

»Ja, aber wenn die perverse Sachen sagen, werde ich sprachlos.«

»Da kannst du ja immer noch auflegen, kein Problem. Los, zier dich nicht so. Versuch es wenigstens.«

»Okay, aber ich möchte erst mal bei jemand anders zuhören.«

»Kannst du, ruf mal Susi an, die macht das oft.«

Alexandra telefoniert kurz und begibt sich dann zu Susi. Susi sitzt in der Küche und bereitet einen

Eintopf vor, den Hörer hinter das Ohr geklemmt. Das Telefon ist auf »laut« gestellt.

»Was machst du gerade?«, fragt eine männliche Stimme.

Susi: »Ich bin gerade aufgestanden und sitze vor meinem Schminkspiegel.« Das nachmittags um drei.

»Was hast du denn an?«

»Na mein Schlafshirt.«

»Geht das über den Po, hast du einen Schlüpfer drunter?«

Susi schnitzelt inzwischen Möhren. »Na so kurz drüber, ich habe einen Stringtanga drunter, pink.«

»Wie siehst du denn aus?«

»Ich bin 1,70, blond, halblange Haare mit Strähnchen.«

»Wie viel wiegst du und welche BH-Größe hast du?«

»64 Kilo, Größe 75 – 80 C.«

»Das ist geil.«

In Wirklichkeit ist Susi höchstens 1,60, fast so breit wie hoch. Ihre Stimme ist tief, kehlig und sexy. Ihre Haare sind ziemlich kurz und nicht gerade gepflegt, so wie die ganze Person etwas schlampig aussieht. Sind die Männer blöd, denkt Alexandra, und dann zahlen sie auch noch dafür.

»Kann ich dir deinen Slip ausziehen und meinen Finger in deine Muschi stecken?«

»Ja, wenn du dann noch ein bisschen höher kommst, du weißt schon, wo. Wie sieht es denn bei dir aus? Hast du deine Hose schon offen?«

Alexandra hat genug gehört und denkt, sie weiß, wie sie das zu handhaben hat.

Damit sie in Stimmung kommt, zieht sie sich sexy an, rote Korsage und halterlose Strümpfe. Sie legt ihren Vibrator und Gleitcreme raus, man weiß ja nie, es könnte ihr ja danach sein.

Das Telefon klingelt, sympathische jugendliche Stimme: »Ich bin der Chris aus Bayern und wer bist du?«

»Ich bin die Alexandra aus Sachsen.«

»Hört man gar nicht.«

»Ich bin erst vor Kurzem zugewandert.«

»Wie siehst du aus?«

»Ich bin 1,70 groß, schlank, blonde, lange Haare, Pony.«

»Was hast du an?«

»Eine rote Korsage, hinten geschnürt, Stringtanga und halterlose Strümpfe mit Spitze oben dran, darüber eine Jeans und ein durchsichtiges T-Shirt.«

»Mach doch mal die Hose auf, zieh den Slip runter und stimulier deinen Kitzler. Wie machst du das?«

»Ich schiebe alles beiseite, was stört, und finde einen schönen erhabenen Hügel. Da mache ich etwas Gleitgel drauf und streiche hoch und runter.«

»Ich habe jetzt einen richtig Steifen. Ich mache mir da auch Gleitgel drauf und kreise auf meiner Eichel rum, das ist echt geil. Zieh die Jeans und den Slip aus. Bist du rasiert?«

»Klar, in der Mitte steht ein kleines Bärtchen.«

»Meiner wird immer größer. Ich bin auch voll rasiert, damit du beim Lecken keine Haare in den Mund bekommst. Wie sieht's aus mit deiner Klitoris, steht sie schön?«

»O ja, sie pulsiert und wartet auf deinen Finger.«

»Ich komme jetzt mit meiner Hand. Erst erkunde ich die Gegend. Du bist schön feucht. Jetzt komme ich zu deinem besten Teil. Ich streichle es ganz sanft mit einem Finger. Gefällt dir das?«

»O ja.« Alexandra kriegt wirklich Gefühle.

»Darf ich das Gleiche mit meiner Zunge machen?«

»O ja, bitte, schön langsam, dann habe ich länger etwas davon.«

»Ich höre, es tut dir gut.«

»Jaaa, nicht aufhören!«

»Hol deinen Vibrator, damit er mich unterstützt. Ist es geil?«

»Ja! Ich will nur die gefühlvolle Zunge mit einem bisschen Druck.«

»Fass an meinen Schwanz, behandle ihn. Erzähl, wie du das machst.«

»Ich schiebe deine Vorhaut mit den Lippen hoch und runter, dabei streichle ich deine Eichel in unterschiedlicher Geschwindigkeit mit der Zunge. Oh, da kommt ja schon was Feuchtes.«

»Mach weiter, das ist ja nicht auszuhalten. Ich bin kurz davor, lass ab, ich mache dir erst mal einen ordentlichen Orgasmus. Ich kreise am oberen Ende deines Berges mit der Zunge schneller und schneller. Soll ich aufhören?«

»Nein, mach bitte weiter, gleich bin ich so weit.«

»Ich höre jetzt auf.«

»Nein!«

»Du musst es noch ein bisschen aushalten, wir machen jetzt eine Pause.«

»Nein! Mach weiter, ganz behutsam. O ja, ich explodiere. Aaahh!« Kleine Ruhe. »Mmmm. Was wünschst du dir?«

»Erst mal deinen Mund. Saug an meinem Schwanz. Wie weit darf ich ihn bei dir reinstecken?«

»Bis zum Rachen.«

»O ja, gut. Ich mach ihn raus und rein, als wenn ich in deiner Möse wäre. Geh weiter nach unten, umkreise die Stelle zwischen Vorhaut und Schaft, toll, wie du das machst. Noch weiter nach unten, leck meine Eier, aaahh. Streich über meinen Damm, schön. Steck mir den Finger in den Arsch. O ja, jetzt bist du an meiner Prostata, massiere meinen Lustfleck, kräftiger, stärker, oh, ich spritz gleich ab, darf ich auf dich spritzen?«

»Jaaa.«

»Jetzt komme ich, aaahh – lass uns ein bisschen entspannen. Das war echt spitze!«

»Ja, find ich auch.«

»Du hast das gut gemacht.«

»Du auch. Und ich bekomme auch noch Geld dafür.«

»Kann ich dich nicht mal sehen?«

»Nein, das geht nicht, ist gegen die Geschäftsbedingungen. Wie alt bist du?«

»Fünfundfünfzig.«

»Hast du keine Frau, mit der du es treiben kannst?«

»Doch, ich bin verheiratet, aber meine Frau mag diese Praktiken nicht, an den Po dürfte ich ihr nie kommen und sie würde das auch nie bei mir tun. Magst du Analsex?«

»Mit meinem Partner schon. Ich wüsste nicht mal, ob ich das am Telefon könnte, das ist so intim.«

»Ich würde das gern mal mit dir durchspielen.«

»Ich weiß nicht … Ich muss dir was gestehen, ich mache das gerade zum ersten Mal und war voll dabei.«

»Ach, deswegen warst du so gut, du hast echt mitgemacht und nicht gespielt.«

»Ja, das ist so und ich bin ganz überrascht.«
»Kann ich dich nicht doch treffen?«
»Nein, es war toll und dabei belassen wir es.«
»Vielleicht finde ich dich noch mal.«

Nummer 12. Hotel

Alexandra weiß mal wieder nicht, ob sie diesen Job weitermachen will. Manchmal kommt es ihr absurd vor, Sex mit Männern zu machen, als wäre es eine Dienstleistung. Auf der anderen Seite reizt es sie, immer wieder neue Opfer auszuprobieren, ihre eigene Macht zu spüren, die Verehrung zu verbuchen.

Um den Sex geht es ihr eigentlich nicht. Mit dem jungen Marco würde sie es auch ohne Geld treiben, der war ästhetisch und geschickt. Na, und der mit dem großen Penis, bei dem sie unerwarteterweise einen Orgasmus hatte, könnte sie auch noch interessieren. Was soll's? Sie hat inzwischen das Gefühl, dass sie auf das Geld angewiesen ist.

Das Handy klingelt. »Hallo Alexandra, da ist ein Hotelgast, gleich bei dir um die Ecke. Ein gut aussehender Sechziger, der sich aber für neunundvierzig ausgibt. Die müssen doch denken, dass wir bescheuert sind. Hier ist die Nummer. Lass dir nicht anmerken, dass du über den Senior informiert bist.«

»Was hast du ihm von mir erzählt?«

»Na, das Übliche, neunundvierzig, blond und heiß.«

»Der ist sicher auch nicht blöd, du solltest mit dem Alter höher gehen. Es verunsichert mich, wenn ich so jung sein soll. So sieht mein Körper nun mal nicht aus.«

»Hör auf zu diskutieren, ich mache die Arbeit schon seit zehn Jahren.«

Alexandra ruft an, eine charmante, jugendliche, verführerische Stimme begrüßt sie mit: »Na, schöne Frau, wollen wir uns heute vergnügen?«

»Okay, wie lange, du kennst den Preis? 120 Euro die Stunde. Bezahlt wird gleich.«

»In Ordnung, Kondome brauchst du nicht mitzubringen, ich will nicht ficken.«

»Was willst du denn?«

»Das wirst du schon sehen. 20.00 Uhr in der Hotelhalle, sei bitte pünktlich.«

Ein Kennzeichen wird nicht vereinbart. Bevor sie das Gebäude betritt, meldet sie sich pflichtgetreu bei ihrer Chefin.

Alexandra durchschreitet hoch erhobenen Hauptes die Hotelhalle. Gemächlich erhebt sich ein großer, schlanker, seriös wirkender Herr aus einem Sessel, steuert auf sie zu und begrüßt sie mit einem Kuss auf die Wange. »Wollen wir uns bei einem Drink bekanntmachen, ich heiße August und du Veronika, wenn ich mich recht erinnere.« Der Freier fasst sie um die Hüfte, küsst sie zärtlich auf den Hals, dirigiert sie an die Bar. »Zwei Champagner bitte!« Als er Alexandra das Glas überreicht, schiebt er das Geld in ihre Hand. Sie steckt es ein, ohne nachzuzählen. Ein Gespräch kommt kaum zustande, August vereinnahmt sie geradezu. Er zieht sie an sich heran, streichelt ihren Rücken, küsst ihren Nacken, drängt sich an sie. Sie spürt sein erigiertes Glied, was er ganz leicht an ihr reibt.

Es stört ihn nicht, dass noch andere Leute an der Bar sitzen, die meisten sind ins Gespräch vertieft. Der Barkeeper macht ein Gesicht wie aus Stein. Nach dem zweiten Champagner wendet August sich ihr direkt zu und schiebt seine Zunge in ihren Mund. Der kann aber knutschen, denkt Alexandra und macht fleißig mit. Sie hat das Gefühl, als würde er mit seiner Zunge das Liebesspiel nachahmen. Er kreist und lockt, wird immer schneller, stöhnt kurz auf und lässt von ihr.

Hatte der jetzt einen Orgasmus? Hat das einer mitbekommen? Alexandra schaut sich gelangweilt um, scheint keiner was gemerkt zu haben.

Wie geht das jetzt weiter?, fragt sie sich. Ihr Verehrer schaut auf die Uhr und entscheidet: »Wir gehen jetzt aufs Zimmer. Bitte eine Flasche Champagner.«

Höflich geleitet August Alexandra zum Fahrstuhl, immer eine Hand besitzergreifend auf ihrer Hüfte. Im Fahrstuhl zieht er sie rasch und keinen Widerstand duldend an sich heran, steckt mit aller Vehemenz seine Zunge in ihren Mund und fuhrwerkt darin herum, lässt ihr keinen Spielraum. Alexandra tut das ein bisschen weh. Sie ist froh, dass sie allein sind. August hätte es sicherlich nicht gestört, wenn noch andere Menschen da gewesen wären. Ganz Gentleman drängt er sie leicht aus der Fahrstuhltür, schließt galant die Tür zum Hotelzimmer auf. Es fallen keine Worte zwischen ihnen. Im Stehen beginnt er wieder das Kussspiel. Sacht berührt er ihre Lippen, tastet sich vom Hals zum Nacken, steckt seine Zunge in ihr Ohr. Wie nebenbei reibt er seinen Penis an ihr. Alexandra will dahin fassen, das verweigert er ihr.

»Mach das mit meiner Zunge, was du mit meinem Schwanz machen würdest«, flüstert er ihr erregt ins Ohr. Alexandra gibt sich Mühe, stellt sich vor, sie würde seine Eichel bearbeiten. Den Takt gibt er an. »Tu so, als würdest du deinen Beckenbodenmuskel einsetzen.« Alexandra kneift ihre Lippen so eng zusammen, wie sie kann, er versucht aus dieser Umklammerung herauszukommen. Alexandra lässt los. »Noch mal«, bettelt August. Wieder stülpt sie ihre Lippen über seine fast steife Zunge und hält sie fest. Ein kurzes Aufstöhnen und der Mann seufzt erleichtert, sagt sogar Danke und geht ins Bad. Seine Hose ist im Schritt durchfeuchtet. Nach dem Duschen kommt er mit einem Handtuch um die Hüften heraus und steuert auf das Schlafzimmer zu. Seine Anweisung lautet: »Zieh dich bitte aus und komm ins Bett.«

Alexandra sucht in ihrer Tasche die Kondome, die sie wie immer mitgenommen hat, und das Gleitgel.

»Brauchen wir nicht, habe ich dir doch gesagt, hier wird nicht gefickt.« Er hat schon wieder einen Ständer, eigenartig lang und dünn und weiß, er erinnert sie an Spargel. »Das vorhin war nur die Probe, nun zeig mal, was du mit meinem August anfangen kannst – aber nicht anfassen, nur mit dem Mund.«

Er sitzt auf der Bettkante und Alexandra kniet vor ihm. Eine Stellung, die sie gar nicht mag, weil sie diese demütigend findet. Er drängt sein Ding so weit in ihren Rachen, dass sie denkt, sie würde ersticken. Sie gibt entsprechende Geräusche von sich und er zieht ihn zurück. Sie kann jetzt mit seiner kleinen Spitze spielen, er stöhnt. Mit den Lippen zieht sie die Vorhaut über seine Eichel und leckt daran, wenn sie sie wieder zurückschiebt. So ein kleines niedliches Gerät hat sie noch nie gehabt. Sachte tastet ihre Hand sich zu den Hoden vor, energisch entfernt er sie von dort: »Angefasst wird nicht!«

Alexandra müht sich ab, schaut heimlich auf die Uhr. Hoffentlich kommt der bald, das wird ja anstrengend.

»Und nun die Beckenbodenmuskel-Tour«, befiehlt er. Alexandra legt ihre Lippen um seinen Penis, so eng wie möglich. »Fester«, drängt er, »noch fester«. Plötzlich stößt er den Stab mehrmals und mit voller Wucht in ihre Mundhöhle, dass ihr schlecht wird. »Schluckst du?«

»Nein«.

»Dann auf deine Titten.« Ein riesiger Schwall ergießt sich über ihre Brüste, es riecht nach Erde und Moos. August erschlafft, wirft sich aufs Bett, stöhnt. Es klingt wohlig. »Braves Mädchen, komm leg dich noch ein bisschen zu mir.« Und wieder einmal weiß Alexandra, warum solche Männer nicht in den Puff gehen. Sie wollen das Gefühl haben, dass die Frau ihre Freundin ist und keine bezahlte Dame.

Das Handy klingelt, die Chefin kontrolliert, die Zeit ist um.

»Bleib noch eine Viertelstunde bei mir, ich gebe dir fünfzig Euro.« Alexandra sagt's der Chefin und kuschelt sich bei August ein. Gesprochen wird nicht.

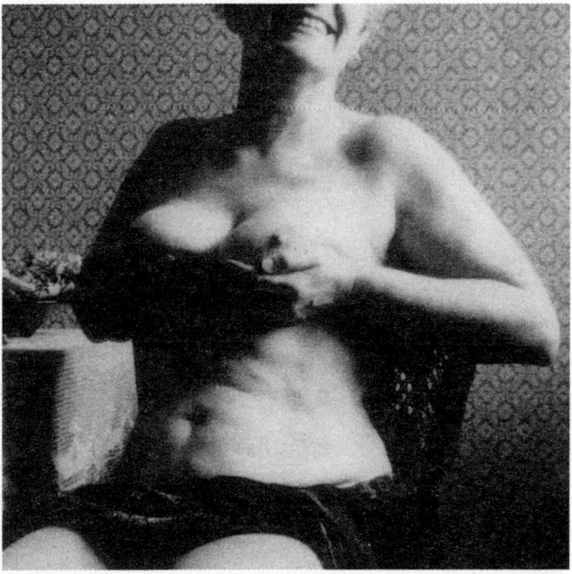

Nummer 13

Anruf von der Chefin: »He, Alexandra, der Wichser hat angerufen, er will das neueste Model, und das bist nun mal du. Das ist ein ganz *Netter* und er ist harmlos. Karina war schon ein paar Mal da, sie findet ihn ganz lustig. Er reicht dir verschiedene Dinge, mit denen du dich penetrieren sollst. Von Gurken, Möhren, Spargel und Kerzen war die Rede. Er will nur deine Klitoris beobachten. Nach dir steckt er sich die Utensilien in den Po und masturbiert dabei. Einmal sollte sie eine Bockwurst aus ihrer Scheide schnipsen, ist ihr nicht gut gelungen. Er war nicht sauer. Was ist, fährste hin? Du hast doch gejammert, dass du Kohle brauchst.«

»Immer spielst du mir die Perversen zu, da kann ich ja bald ein Buch drüber schreiben, was die sich in ihrer Geilheit alles einfallen lassen. Gut, gib mir die Nummer. Wie alt ist der?«

»Anfang fünfzig, er wünscht ausdrücklich was Reifes. Ich habe gesagt, du wärst sechzig, jünger aussehend.«

Alexandra ruft an. Es meldet sich eine unsympathische näselnde Stimme. »Komm aber gleich ohne Slip«, fordert er, »und sei schön feucht, wir werden schon unser Vergnügen haben, darauf kannst du dich verlassen.«

Alexandra fährt in ein kleines Dorf mit wenigen Häusern, ein kleines Haus liegt etwas abseits, es ist sehr baufällig, teilweise fällt der Putz ab. Was das wohl wird, denkt sie, wohnt in so einer alten Hütte und gibt Geld für Sex aus. Sie muss dreimal klingeln, bis ihr ein schrulliger dünner Mann öffnet.

»Na, da bist du ja endlich, alles wie vereinbart? Heb mal dein Röckchen. Na toll, und endlich mal eine, die wenigstens etwas Busch hat. Ich freue mich schon auf das, was darunter ist. Hier erst mal die Kohle, zähl nach.«

Gut, denkt Alexandra, dass ich mich eine Weile nicht so gründlich rasiert habe und der Streifen anfängt, wie ein Busch auszusehen. Der Befehlston stört, sie lässt sich nicht gern kommandieren. Sie steckt das Geld ein, ruft die Chefin an und wartet auf weitere Befehle.

»Meinen schönen großen Schwanz bekommst du nicht in deine Möse, der ist viel zu schade für dich«, mit diesen Worten nestelt er sein Ding aus dem Hosenschlitz.

»Wirklich beachtlich«, muss Alexandra zugeben. Sie hat schon allerhand gesehen.

»Steck den Finger in meinen Arsch«, knurrt er sie an.

»Das war nicht vereinbart.«

»Gut, ich lege einen Hunderter drauf.«

Alexandra denkt nicht lange nach, befeuchtet ihren rechten Mittelfinger mit Gleitgel und führt ihn langsam in sein Hinterteil ein.

»Oh, meine Prostata«, stöhnt der Mann. Dann dreht er sich abrupt zu ihr um und reicht ihr von einem Tablett, auf dem noch andere Gegenstände liegen, eine ungeschälte Gurke mittlerer Größe und dirigiert sie auf seine Schlafstätte. »Los rein damit in die Fotze und schön hoch und runter. Die Gurke bleibt drin. Mach deinen Kitzler frei, schön die Schamlippen zur Seite. Ich will ihn sehen. Ach, das ist ja ein besonders schöner. Hier, nimm den Vibrator und stimuliere deinen Berg, ja, ja, der bringt's. Schönes Ding hast du da und es wird immer größer, herrlich. Halt schön still, ich will das fotografieren.«

Alexandra bekommt, ob sie will oder nicht, sexuelle Gefühle, kann sich nicht mehr steuern, das passiert ihr ganz selten. Der Mann holt eine offensichtlich teure Kamera, geht ganz nah an ihr Geschlechtsteil heran und fotografiert es viele Male.

»Jetzt ist's genug«, fordert Alexandra, weil sie sich komisch vorkommt. Er lässt von ihr ab und betätigt einen Schalter neben dem Bett. An der Wand gegenüber tauchen Dutzende von beleuchteten Fotos auf, die Kitzler in allen Variationen zeigen, mit unterschiedlichen Gegenständen im Geschlechtsteil.

»Du bist Nummer 86«, teilt er ihr etwas hochmütig und stolz zugleich mit und klopft dabei auf seinen Fotoapparat.

Wie geht das hier weiter, grübelt Alexandra. Schon erhält sie den Auftrag: »Los, sag: O du schöner großer Schwanz, sag es!«

Alexandra tut es, muss einen Lachreiz unterdrükken. Er scheint es nicht gehört zu haben, winselt immer wieder: »Sag, du schöner großer Schwanz. Guck, wie er wächst!« Das tut er tatsächlich. »Du kriegst ihn nicht, du kriegst ihn nicht«, triumphiert der Mann mit einem listigen Kichern. »Los, bettel mich an. Sag, dass ich dir meinen Schwengel in deine Möse stecken soll.« Alexandra sagt es laut und deutlich. »Habe ich es mir doch gedacht, alle Weiber wollen, dass ich ihn in ihre Grotte stecke. Is nich, war mal. Undankbare Schlampen, spielen einen Orgasmus vor, denken, ich merke das nicht.

Ich habe meinen Finger da unten reingesteckt, als mal wieder eine so tat. Da war kein Nachbeben, wie es ist, wenn wirklich die Post abgeht. Und dann lügen diese Nutten auch noch. Nee, mit mir nicht mehr. Ich mache es mir jetzt auf andere Art und Weise schön. Los, zier dich nicht wieder und steck mir die große Mohrrübe in den Hintern.«

Alexandra feuchtet sie ein und steckt sie dorthin, wo er sie haben will. Der Mann stöhnt laut und will, dass sie das Teil rein- und rausschiebt, mit der linken Hand bearbeitet er sein Glied. Er keucht und stöhnt dabei: »Komm schon, nun komm schon, du willst doch nicht etwa in die Schlampe rein, das gibt's nicht. Hol den Vibrator, den mit dem Delfin oben drauf. Lass ihn sanft um meine Eichel spielen. Die Rübe lass drin.«

Alexandra wundert sich über nichts mehr, sie tut, wie ihr geheißen, und denkt: Mein Gott, wie lange soll das noch gehen? Sie schielt auf die Uhr, noch fünfzehn Minuten. Immer schön rauf und runter mit dem Vibrator, ganz sanft, wie gewünscht.

»Schneller, mach schneller«, schnieft der Mann. Alexandra gibt sich Mühe. Mit einem lauten tierähnlichen Aufschrei spritzt er eine riesige Menge Sperma ab, genau auf Alexandras Bein, sie findet das eklig. Der Mann fällt in sich zusammen, stöhnt vor sich hin, richtet sich auf und leckt das Sperma gierig von Alexandras Beinen: »Alles meins, alles meins!«

Alexandra löst sich verwirrt von dem Mann, ruft die Chefin an und verschwindet.

Nummer 14. Dreier

Alexandra überlegte wie so oft, ob sie bei der Begleitagentur aussteigen solle. Sie hatte gehofft, jemanden kennenzulernen, dann hätte sich das Problem von ganz allein gelöst. Sex für Geld käme für sie dann nicht mehr in Frage, das wusste sie inzwischen ganz genau. Das würde wohl auch kein Mann mitmachen, da machte sie sich nichts vor. Wer hat schon gern ein intimes Verhältnis mit einer Hobbyhure? Abgesehen davon ist es für sie unvorstellbar, wenn sie Gefühle für einen Partner empfindet, weiterhin so routinemäßig mit anderen zu vögeln.

Es bleibt wie immer beim hehren Vorsatz. Erwartungsvoll liegt ihr Ohr am Handy, als sie die Nummer der Chefin erkannt hat.

»Du, da ist einer, der will es mit zwei Frauen treiben. Du machst doch mit? Kriegst 'ne Menge Kohle und hast nicht viel zu tun. Du würdest mit

Janine arbeiten, sie hat Erfahrung in solchen Dingen. Sonst gesellt sich Mary dazu, aber die ist zu irgendeiner Beerdigung gefahren. Sag an.«

»Soweit ich weiß, sind die beiden bisexuell, ich bin und bleibe hetero. Da habe ich keinen Bock drauf, versuch erst gar nicht, mich zu überreden. Klappt nicht.«

»Na, nun hab dich nicht so, du wirst doch wohl wissen, wie man 'ne Frau stimuliert, immer schön an den Titten spielen und die Klitoris bearbeiten, kreisen und streicheln. Was du mit dem Herrn zu tun hast, ist genauso wie sonst, nur dass halt noch jemand dabei ist. Am liebsten gucken die zu und machen's dann einer von beiden. Ansonsten wird dir ja noch einiges einfallen, schau dir einfach mal einen Porno an oder lies so einen Lesbensexratgeber. Komm, sei nicht so mädchenhaft, 150 Euro sind nicht zu verachten. Und vielleicht macht es dir ja doch Spaß, weißt du doch nicht, wenn du es noch nicht ausprobiert hast.«

Der Preis ist heiß. Alexandra kommt ins Grübeln: Soll ich's doch probieren, Janine sieht ja eigentlich nett aus. Überwinden müsste sie sich schon.

»Gut, was ist das für einer?«

»Das ist ein ganz *Netter*, Mitte fünfzig, recht gutaussehend, Stammgast.«

»Okay, ich bin dabei.«

»Gut, hab ich's mir doch gedacht. Janine übernimmt die Organisation, melde dich bei ihr.«

»Hallo Janine, ich soll den Dreier mit dir machen. So richtig weiß ich gar nicht, was zu tun ist, bisher habe ich nur Männer gehabt, allein.«

»Da hab mal keine Sorge, ich zeige dir, wo's langgeht. Ab und zu gebe ich dir eine Anweisung, lege deine Hände dorthin, wo sie hin sollen, oder bringe deinen Körper in entsprechende Stellungen. Das kriegen wir schon hin. Sei um 21.00 Uhr vor dem Haus Schillerstraße 5. Dessous sind angebracht.«

Alexandra hat inzwischen eine Auswahl heißer Unterwäsche. Sie wählt eine eierschalenfarbene Korsage mit Strapsen und halterlose Strümpfe in der gleichen Farbe aus. Den Slip lässt sie gleich weg. Darüber zieht sie sich ein schwarz-beiges, gestreiftes, kurzes, eng anliegendes Oberteil. Die hohen schwarzen Stilettos machen ihre Beine unendlich lang. Es ist jedes Mal schwierig, sich so herzurichten, dass es sexy ist, ohne dass es billig wirkt.

Janine ist um einiges jünger als sie, da muss sie ein bisschen was aus sich machen. Sie hofft, dass es dort, wo die Veranstaltung stattfinden soll, dunkel ist.

Sie ist nervös. Es ist noch viel Zeit, also schaut sie sich doch noch einen Porno an. Alexandra kann nichts finden, was sie anmacht, wenn drei Menschen es sich untereinander besorgen. Einige Details merkt sie sich, aber eigentlich sieht sie nichts Neues auf dem Bildschirm. Alle keuchen und stöhnen, als hätten sie einen Superorgasmus.

Pünktlich trifft sie auf Janine vor der Haustür. »Keine Sorge, das schaukeln wir schon, lass mich mal machen.«

Auf das Klingeln hört man eine tiefe erotische Stimme aus der Gegensprechanlage: »Kommt hoch, Mädels, habt ihr euer Spielzeug mit?«

Nicht schlecht, denkt Alexandra, mal sehen, was dahinter steckt.

Albern kichernd steigen sie die Stufen zur ersten Etage hinauf. In der Wohnungstür steht ein großer muskulöser Mann, der schon etwas in die Jahre gekommen ist. Kleine Fettpolster lassen einen untrainierten Körper erkennen.

»Kommt rein und lasst euch mit einem Champagner begrüßen!«

Sie stoßen an und »Ich heiße Herbert« taxiert die Frauen ungeniert von oben bis unten. Er ist in einen saloppen Jogging-Anzug gekleidet. »Nun setzt euch erst mal hin und dann zieht ihr euch schön langsam aus. Stück für Stück. Ehe ich's vergesse, hier ist die Kohle. Schön nachzählen und streitet euch nicht.«

Janine zählt das Geld, steckt es weg und beginnt, sich mit lasziven Bewegungen zu entkleiden. Alexandra tut es ihr gleich. Jetzt ärgert sie sich, dass sie den Slip weggelassen hat, Janine behält ihren an.

Herbert ist etwas ungehalten: »Du bist ja rasiert, ich hatte Frauen mit Busch bestellt. Zeig mal dein Fötzchen, du mit dem Slip, sieht das auch aus wie eine Kindermuschi?« Zögernd zieht Janine sich völlig aus, natürlich hat sie eine Intimrasur, in der Mitte hat sie einen schmalen Streifen stehen lassen. Aber das interessiert den Freier jetzt nicht mehr. »Los fummelt ein bisschen an euch rum, mir steht noch keiner.«

Janine beginnt, Alexandra zu küssen, der ist das irgendwie unangenehm. Janine streichelt ihren ganzen Körper, verweilt bei den Brüsten, saugt an ihnen. Alexandra ist steif wie ein Brett und lässt sich bearbeiten.

»Mach mit«, zischt ihr Janine zu. Also streichelt Alexandra die Frau neben ihr.

»Nun kommt mal zur Sache«, bellt Herbert, der inzwischen seine Hosen ausgezogen hat und stolz auf seinen großen Penis zeigt. »Bevor ihr den kriegt, müsst ihr erst eine Show abziehen. Also gehen Sie mal ans Eingemachte, meine Damen.«

Janine fährt Alexandra zwischen die Beine, streichelt ihre Schenkel und arbeitet sich zur Vagina vor. Nach ein bisschen Suchen hat sie ihre Klitoris gefunden und verwöhnt sie nach allen Regeln der Kunst. Dabei stöhnt sie so laut, als wäre sie diejenige, die stimuliert wird. Langsam regt sich etwas bei Alexandra. Doch es verschwindet wieder. »Los, gib Töne«, flüstert ihr Janine ins Ohr, »und verlang nach mehr.« Alexandra windet sich und gibt Worte von sich, als würde sie gleich kommen. »Weiter, weiter«, wimmert sie, »ist das schön, hör nicht auf damit.«

Herbert hat sich inzwischen ganz entkleidet und präsentiert sein ungewöhnlich dickes Glied. »Wenn du dir jetzt schön Mühe gibst, bekommst du ihn«, versucht er Alexandra zu locken, dabei kommt er immer näher und starrt zwischen ihre Beine.

Oh, da muss ich das noch hinauszögern, beschließt sie, vielleicht entscheidet er sich dann für Janine. Sie tut weiter so, als würde sie den schönsten Spaß an der Sache haben.

»Nun komm aber und lass es hören«, raunt Janine ihr zu.

»Jetzt, jetzt, ich komme!«, schreit Alexandra. Janine lässt von ihr ab.

Herbert masturbiert heftig. »Ich nehme dich, du warst noch nicht dran«, meint er mit einem Blick auf Janine. »Kommt beide her«, befiehlt er. Zu Janine: »Du lutschst meinen Schwanz und die andere krault mir die Eier, gebt euch Mühe, Mädels, sonst bestelle ich euch nicht wieder.«

Janine nimmt sein großes Ding in den Mund und würgt dabei. Herbert stöhnt: »Jaaa, gib's ihm, schön lecken, schneller.«

Alexandra krault pflichtbewusst seinen riesengroßen behaarten Hoden und langweilt sich dabei.

»Jetzt muss ich in dich rein«, stellt Herbert fest und legt Janine auf den Rücken, die guckt ängstlich auf den großen Klopper. Schnell findet sie noch Gleitgel in der neben ihr liegenden Tasche. Als Herbert in sie eindringt, macht sie ein Geräusch, das sich eher schmerz- als lustvoll anhört. Nach einigen Stößen verlangsamt Herbert seinen Rhythmus, dabei keucht er genüsslich: »So eine schöne Fotze, immer rein in sie, das ist geil. Ficken, fikken, ficken.« Behände dreht er Janine auf den Bauch – hoffentlich rammt er ihr das Ding nicht in den Po, denkt Alexandra –, drapiert ein großes Kuscheltier unter ihr und dringt erstaunlicherweise behutsam in sie ein. Janine gibt jetzt genüssliche Töne von sich, obwohl ihr sicher nicht gefällt, was Herbert mit ihr tut. Als er schneller wird, bettelt sie: »Aua, nicht so tief, das tut weh.« Daraufhin dreht er Janine wieder auf den Rücken, um erneut in sie einzudringen, sie presst ein »Schön, schön« heraus.

»Jetzt wird er's dir geben«, triumphiert Herbert und kommt nach vielen schnellen flachen Stößen mit einem lauten »Jaaa« zum Orgasmus. Er rollt sich von Janine und jammert zusammengekauert wie ein kleines Kind. Die beiden Frauen schauen sich befremdet an und überlegen, wie lange das wohl noch dauern wird. Sie beginnen sich anzuziehen, ziemlich schnell, und verdrücken sich leise.

Draußen sagt Janine: »Das ist nicht immer so, die meisten sind freundlich und zärtlich, da macht es auch Spaß. Musst ein andermal mitkommen. Sehr aktiv warst du ja nicht, scheinst eben doch eine Vollhete zu sein. Dabei habe ich mir so viel Mühe gegeben, dich auf Touren zu bringen.«

»Nee, lass mal, das ist nicht mein Ding, obwohl du mir angenehm bist, aber bei mir rührt sich dabei nichts.«

»Wir sollten es mal allein machen, ich wüsste schon, wie ich dich verführen könnte, glaub's mir.«

Alexandra antwortet nicht.

Nummer 15. Der alte Mann

»Hallo Alexandra, du darfst mal mit deinem richtigen Alter arbeiten. Da ist ein älterer Herr von gut siebzig Jahren, der an deinem Jahrgang interessiert ist. Der Senior möchte eine Dame mit Verstand, Witz und Bildung. Da bist du doch genau die Richtige, die Einzige von uns, die studiert hat. Vielleicht will er nur reden, wäre durchaus möglich. Oder er ist einer von denen, die dir oral oder wie auch immer einen Orgasmus verschaffen wollen. Denk an die Kohle. Zwei Stunden, das lohnt sich.«

»Hört sich interessant an. Da kann ich endlich mal meine verstaubte Intelligenz nutzen. Haste den schon mal gesehen? Hoffentlich ist er nicht ganz verschrumpelt, sodass es mich arge Überwindung kostet. Gib mal die Nummer, ich rufe gleich an.«

Er meldet sich mit gepresst klingender Stimme, fragt nach den Bedingungen, wie sie aussieht und ob sie sich für Kultur interessiere, insbesondere Musik.

»Klar«, antwortet Alexandra, »ich habe Theaterwissenschaft studiert. Mein Interesse liegt allerdings mehr bei der Bildenden Kunst, der darstellenden Kunst und der Literatur. Mit Musik bin ich etwas unerfahren, vielleicht können wir voneinander profitieren. Haben Sie besondere Vorstellungen, was ich anziehen soll?«

»Wieso?«

»Na, Dessous, halterlose Strümpfe?«

»Ist nicht nötig, kommen Sie mal so, wie Sie sind.«

»Okay, ich habe gerade meine Joggingsachen an«, witzelt Alexandra.

»Soll mir auch recht sein, wenn Sie nicht gerade verschwitzt sind.«

Alexandra zieht den durchsichtigen grauen Rock an, darunter Leggings und ein dünnes, durchscheinendes graues T-Shirt. Absatzschuhe machen das Ganze perfekt. Der Blick in den Spiegel zeigt eine attraktive Sechzigerin. Sie ist zufrieden mit ihrem Outfit.

Ihr Navi gibt Auskunft, dass die Adresse im Villenviertel der reichen Leute liegt. Es steht nur ein Name an der Türklingel, Heiner Brauer ist habilitiert. Alexandra klingelt kurz, der Summer an der Gartentür gibt den Weg frei. Die Haustür öffnet sich. Ein stattlicher Mann, der sicherlich über 1,90

Meter groß ist, steht gerade und selbstbewusst in der Tür. Er schreitet auf sie zu, stellt sich mit einer kleinen Verbeugung vor, gibt ihr die Hand und fragt nach ihrem Namen.

»Alexandra Huber«, rutscht es ihr heraus, sonst redet man sich ja nur mit dem Vornamen an.

»Hübsch sehen Sie aus, Frau Huber, und so jugendlich. Ich habe uns einen Champagner kaltgestellt. Lassen Sie uns in den Salon gehen.«

Durch eine große getäfelte Eingangshalle geleitet Herr Brauer Frau Huber in ein geräumiges Zimmer mit bequemen Clubsesseln und dazu passenden flachen Tischen. In zwei Jugendstilgläsern perlt der Sekt. Mit »A votre santé« hebt er sein Glas und lässt es an Alexandras klingeln.

Sie antwortet mit dem gleichen Spruch.

»Sprechen Sie französisch? Ich würde die Sprache gern auffrischen.«

»Ja, habe ich in der Schule und beim Studium gelernt. Außerdem habe ich ein Jahr in einem Café in Südfrankreich gearbeitet. Ich weiß allerdings nicht, was da in meinem Kopf noch gespeichert ist.«

»Tre bien, je suis contant. Ach so, die Bezahlung. Ich habe das Geld in diese hübsche rote chinesische Schachtel getan. Es ist für mich ungewöhnlich, für solche Dienste zu zahlen. Nehmen Sie das Behältnis bitte mit.«

Alexandra steckt das Döschen ein und denkt: Wie mag das wohl weitergehen?

»Ist es Ihnen recht, wenn ich ›Das Lied von der Erde‹ von Gustav Mahler auflege oder ist Ihnen diese Musik zu schwer?«

Alexandra hat nicht die geringste Ahnung, aber sie lächelt zustimmend. Gemessenen Schrittes geht der Herr zu einer teuren Stereoanlage und legt bedächtig eine CD ein. Nun hat Alexandra Gelegenheit, den Kunden näher zu betrachten. Er hat sich vor der Musikanlage in die Hocke begeben, so ist ein Blick auf seinen Kopf nicht zu vermeiden. Ein ehemals blonder ungepflegter Haarkranz umschließt seine Glatze, auf ihr sind seidenweiche Flaumhaare unregelmäßig verstreut; durch sie hindurch sieht man einige rote, teilweise aufgekratzte Stellen, einige bräunliche Altersflecken bedecken das Greisenhaupt.

Wenn der 'ne richtige Glatze hätte, sähe der doch cool aus. Die grauen struppigen Haare, die aus Nase und Ohren sprießen, würde ich ihm am liebsten entfernen, denkt Alexandra. Gerötete Schweinsäuglein, eine Warze neben der Nase, schlechtes Gebiss und faltiger Hals. Mehr ist im Moment nicht festzustellen.

Herr Brauer setzt sich ihr wieder gegenüber, schließt die Augen und gibt sich der Musik hin.

Alexandra gelingt das nicht so richtig, sie wird nervös. Das muss ihr Gegenüber wohl spüren. Er schaut sie an und fragt verlegen: »Klären Sie mich doch bitte über das Prozedere auf, ich bin in derartigen Dingen ungeübt.«

Alexandra ist das Ganze auch etwas peinlich. »Vielleicht sagen Sie mir erst mal, wo wir hingehen werden und welche Wünsche Sie haben.«

»Wenn es Ihnen nichts ausmacht, gehen wir ins Gästezimmer, da ist ein breites Bett. Besondere Wünsche habe ich nicht, eben das, was Mann und Frau tun.«

Nur gut, dass ich nicht die nuttigen Dessous angezogen habe, ich hätte den Alten vielleicht verschreckt.

In dem Raum angekommen, fängt Herr Brauer an, sich gemächlich auszuziehen, es kommen schöne lange Beine und ein gut erhaltener Po zum Vorschein. Er trägt nicht wie die jungen Männer Boxershorts, sondern die traditionellen Slips mit Muster. Sein Oberkörper ist etwas angefettet, aber sonst alles gut erhalten. Sein Glied hängt schlaff herunter, als hätte es eine Depression. Alexandra zieht sich schnell aus und schlüpft zu ihm unter die Decke. Als sie an seinen Penis greifen will, schubst er zunächst ihre Hand zurück, lässt es dann aber zu. In Windeseile ragt sein Bestes in die Höhe, er stöhnt. Zunächst verwöhnt ihn Alexandra mit der Hand, dabei hilft das Gleitgel, das sie mitgebracht hat. Sie merkt schnell, dass er an der Stelle, die Eichel und Schaft verbindet, besonders empfindlich ist. Sie rollt ihm das Kondom über den Schwanz. Ihren Mund wagt sie ihm nicht anzubieten. Nicht zum Kuss, auf die Idee kommt er gar nicht, sondern um seinen Schwanz zu lecken. Er richtet sie auf, legt sie auf den Rücken, rückt sie zurecht: »Ist es so gut für Sie?« Alexandra schnurrt als Antwort ein bisschen. Langsam beginnt er ein Auf und Ab, schließt ihre Beine und umklammert sie mit den seinen, lautlos. Das geht so eine ganze Weile. Plötzlich wird der Mann ganz schnell und stößt kräftig zu. Mit einem kehligen Laut rollt er von ihr herunter und bleibt ganz still liegen. Als Alexandra anhebt, etwas zu sagen, bittet er: »Lassen Sie mich in Ruhe genießen.« So liegen sie zwanzig Minuten. Dann erhebt er sich, reicht ihr ein Handtuch, bedeutet ihr, dass das Bad sich zwei Türen weiter befindet.

Auch er kommt frisch geduscht und stolz wie ein Gockel in den Salon, setzt sich ihr gegenüber und fragt, ob er ihr etwas vorlesen dürfe. Von einem Beistelltischchen nimmt er den »Kleinen Prinzen« von Antonine de Saint-Exupery und bietet ihr wie ein Schauspieler die Geschichte vom Geschäftsmann an. Er endet und sagt kein Wort, sitzt lange nachdenklich da. Dann schaut er verwirrt auf Alexandra. Sie deutete ihm verlegen an, dass sie nun gehen müsse. »Entschuldigen Sie, ich war irgendwie der Zeit entflohen. Ich bedanke mich und würde gern wissen, ob ich Sie noch einmal bemühen könnte.«

»Gern, rufen Sie einfach an.«

Herr Brauer bringt sie zur Tür und verabschiedet sich mit einem ordentlichen Handschlag und einer leichten Verbeugung.

Seltsam, sinniert Alexandra, da hat er nun alles Geld der Welt und scheint doch unglücklich zu sein.

Es gehen zwei Wochen ins Land, Alexandra hatte das Erlebnis schon vergessen, da ruft die Chefin an: »Der Gentleman verlangt nach dir, du fandst ihn doch ganz gut, ruf mal gleich an.«

Wieder meldet sich diese Stimme, die klingt, als würde er etwas unterdrücken: »Ach, Frau Huber, würden Sie mich morgen Abend um 20.00 Uhr besuchen?«

»Ja, klar, ich komme gern, bis dann.«

Alexandra würde sich ja gern auf ein Gespräch vorbereiten, sie kann sich aber kein Thema vorstellen, das den Intellektuellen ansprechen könnte. Sie zieht die Halterlosen an und begibt sich leicht gespannt auf den Weg. Wieder öffnet Herr Brauer ihr die Tür und führt sie diesmal in das Wohnzimmer. Eine elegante Couchgarnitur aus feinstem Handschuhleder lädt nicht zum Verweilen ein, sie wagt gar nicht, darauf Platz zu nehmen. Das Zimmer wird von einer riesigen Fernsehfläche dominiert, sie erstreckt sich über die ganze Wand.

»Schön, dass Sie gekommen sind, wollen wir einen leichten Weißwein zu uns nehmen und etwas Musik hören? Diesmal wählen Sie.«

Alexandra fällt so schnell nichts ein. »Paganini finde ich gut.«

»Welches Stück?«

Alexandra ist überfordert und erklärt ihm das. Milde lächelnd schaut er nach, legt auf und sie lauschen. Alexandra ist bewegt von der gefühlvollen Geige. Sie sitzt entspannt auf ihrem Platz und träumt. Als das Stück zu Ende ist, hüstelt Herr Brauer und beginnt, nicht so überlegen wie sonst: »Wissen Sie, Frau Huber, ich habe da ein Problem. Meine Frau ist etliche Jahre jünger als ich. Sie beschwert sich nicht, aber ich habe das Gefühl, dass ich ihr beim Akt nicht genügend gebe. Würden Sie mit mir frei und offen darüber reden, was ich für ihre Befriedigung tun kann?«

Alexandra druckst ein bisschen herum: »Na wissen Sie, mit dem Rein und Raus hat es sich nicht getan, Sie müssten schon etwas aktiver werden.«

»Ich habe im Internet nachgeschaut, die Vagina

soll ja im Inneren nicht altern. Die einer Sechzigjährigen sieht nicht anders aus als die einer Dreißigjährigen. Nur habe ich das Objekt Klitoris noch nicht einordnen können, das stimuliert werden muss, man sieht es offensichtlich nicht. Ist das unverschämt, wenn ich Sie bitte, mich etwas anzuleiten?«

»Nein, das ist okay, wollen wir wieder in das Gästezimmer gehen?«

»Wenn es Ihnen nichts ausmacht, im Schlafzimmer wäre mir das unangenehm.«

Sie ziehen sich aus und kriechen unter die Dekke, keine Annäherung. Sein Glied ist schon aufgerichtet, er zieht diesmal das Kondom auf und schaut sie etwas hilflos an. Alexandra tropft Gleitgel auf ihre Hand und beginnt, seinen Penis zu verwöhnen, er stöhnt und lässt es sich gefallen, dass sie ihn in den Mund nimmt.

»Köstliche Zärtlichkeiten«, quetscht er hervor. Kurz bevor er kommt, dirigiert sie seinen Schwanz in ihr Liebstes. »Oh, dein Schoß bringt mich zur Ekstase«, vernimmt sie.

Dann entspannt er sich mit dem gleichen kehligen Laut und bleibt eine Weile auf ihr liegen. Sie schweigen sehr lange. Sie nimmt sacht das Gespräch auf: »Frauen haben auch so etwas Ähnliches wie einen Penis, nur kleiner und in Form eines Hügels. Wenn Sie den streicheln und umkreisen, bekommen die Damen ein schönes Gefühl, was sich in einem Orgasmus entlädt.« Sie führt seine Hand an das obere Ende des Geschlechtsteils, zieht die Schamlippen beiseite und bietet ihm ihren Kitzler an. Er ertastet ihn und beginnt, ihn zu massieren, sacht und bedächtig. Alexandra bekommt tatsächlich Gefühle.

»Etwas schneller«, bittet sie.

Er tut es. »Das wird ja immer größer.«

»Nun noch mal ganz langsam und federleicht, damit ich lange genießen kann.« Unversehens stöhnt sie und bittet: »Mach weiter, ein bisschen mehr Druck.« Er gehorcht. Plötzlich zittert sie am ganzen Körper, bäumt sich zu einer riesigen Entladung auf und fällt zusammen, summt vor sich hin.

Herr Brauer verharrt immer noch in der gleichen Stellung mit der Hand an ihrem wunden Punkt. Als sie sich löst, um ihn zu umarmen, gibt er sich sehr vorsichtig hin. »Wundervoll, welche Erlebnisfähigkeit Sie haben. Da muss ich erst siebzig werden, um so ein Wunder genießen zu können.«

Alexandra kuschelt sich an ihn, etwas steif legt er seinen Arm um sie. Nach einigen Minuten steht er auf und geht ins Bad, kommt in einem Bademantel mit einem verschmitzten Gesicht zurück. »Ich würde Ihnen gern die Geschichte vom Fuchs vorlesen, wenn Sie geduscht haben. Es ist ein neuer Bademantel für Sie da. Die Größe müsste stimmen. Ich hoffe, sonnengelb mögen Sie.«

Mit treffender Betonung, im Bett sitzend, liest Herr Brauer, Alexandra hört zu, gleichwohl sie die Geschichte vom Fuchs aus dem kleinen Prinzen kennt, bekommt sie einen neuen Aspekt. »Du bist zeitlebens für das verantwortlich, was du dir vertraut gemacht hast.« Dieser Satz macht sie nachdenklich. Hat sie immer richtig gehandelt? Wen hat wohl Herr Brauer sich vertraut gemacht? Es scheint ihr, als würde er immer ein Stück näher an sie heranrücken, nicht nur mit dem Körper, auch mit der Seele. Langsam kommt sie ihm entgegen und lehnt dann irgendwann an ihm. Zaghaft streichelt er ihre Schultern.

Sie merkt wieder nicht, dass die Zeit um ist, die Chefin ruft an: »Du wirst doch da nicht gleich einziehen wollen, Süße. Mach Schluss.«

»Okay, alles in Ordnung.«

Herr Bauer ist etwas überrascht, zieht sich an, Alexandra tut das Gleiche. Nebenbei reicht er ihr einen Briefumschlag mit einer lustigen Grafik darauf, sie zeigt eine emanzipierte Frau mit großem Hut. Als er sie an der Tür verabschieden will, gibt sie ihm schnell einen Kuss auf den Mund, lacht und verschwindet, ohne sich umzudrehen.

Sie kann sich selbst nicht verstehen, dieser wirklich nicht attraktive Mann mit so wenig Sinn für Sexualität – obwohl er langsam in Übung kommt – beginnt sie zu faszinieren. Er strahlt eine ungewöhnliche Ehre und Würde aus. Wie einer, den frau zum Anlehnen sucht. Hat sie sich vielleicht verliebt? Hat sie nicht schon immer so etwas gesucht? Sie betreibt Recherchen über den Mann. Er hat Flugzeugbau studiert, promoviert, habilitiert, ist selbstständiger Gutachter für Sportflugzeuge, akkreditiert bei einer belgischen Firma. Seit zehn Jahren mit einer superreichen Frau verheiratet, die aus vermögenden Verhältnissen kommt und die ihn, wie er später preisgibt, »weggefangen« hat. Sie hat nun ihr eigenes Flugzeug und ihn in verschiedene Firmen eingebunden, aus denen er bis zu seinem Lebensende nicht wieder herauskommen kann. Er selbst erzählt von sich sehr wenig, nur, dass er in einem Haus hier und außerdem in einer großen Stadtwohnung wohnt. Beides gehört – wie sich später herausstellt – ihr.

Es dauert keine Woche und der Gentleman verlangt nach ihr. Diesmal empfängt er sie salopp gekleidet in Jeans und Designer-Hemd und mit einem Lächeln. Er reicht ihr die Hand zum Gruß: »Es wäre mir lieber, wenn wir du zueinander sagen, wenn wir schon so intim sind. Ich heiße Heiner.«

»Alexandra.«

»Ich habe mich sehr auf dich gefreut. Ich glaube, ich bin ein bisschen verliebt.«

Alexandra wird wider Willen rot und stottert: »Ja, ich habe auch schon auf deinen Anruf gewartet.«

»Lass uns noch ein bisschen beim Sekt plauschen und Musik hören.« Er fragt sie nach ihrer Bildung aus, ihrem Elternhaus und ihrer beruflichen Tätigkeit. Unvermittelt wechselt er in ein gekonntes Französisch, lässt sie von ihrer Zeit in Südfrankreich erzählen. Aufmerksam folgt er ihren Schilderungen, wirft ab und zu eine Frage ein. Leicht hüstelnd und verlegen kommt er auf das Thema »Französisch in der Liebe« zu sprechen. Er erzählt, dass schon einige Damen von ihm Oralverkehr gewünscht hätten, er aber nie wusste, was er zu tun hätte. Deshalb habe er bisher Sex dieser Art vermieden. Sie wäre die einzige Frau, die sein Glied mit dem Mund verwöhnt hätte. »Das war sehr schön für mich«, fügt er hinzu. »Irgendwie war ich der Meinung, dass weibliche Wesen es erniedrigend finden würden, den Mann auf diese Art und Weise zu befriedigen.«

Alexandra steht auf und geht zu ihm hinüber, setzt sich – obwohl sie Abwehr spürt – auf seinen Schoß und flüstert ihm ins behaarte Ohr: »Du brauchst nur das, was du das letzte Mal so hervorragend mit dem Finger gemacht hast, gefühlvoll mit deiner Zungenspitze zu machen. Komm schon.« Sie zieht ihn zum Bett und beginnt, ihn zu entkleiden. Als sie bei seinem steil aufgerichteten Penis angekommen ist, stimuliert sie seine Eichel so mit der Zunge, wie sie es gerne an ihrer Klitoris haben möchte. Als er Töne des Wohlbehagens von sich gibt, macht sie erst weiter und sagt ihm dann: »Genauso will ich es haben.«

Behände befreit er sie von ihrer Kleidung, drapiert sie mit weit geöffneten Schenkeln auf das Bett, kniet sich auf den Boden, findet nach ihrer Führung ihren kleinen Hügel, der schnell wächst, und leckt ihn in unterschiedlicher Geschwindigkeit. Als sie kurz vor dem Höhepunkt ist, bedeutet er ihr: »Ich möchte jetzt in deinen Schoß, leg dich bitte auf den Bauch.«

Alexandra gehorcht, vorher schiebt ihr Heiner noch das Kopfkissen unter den Leib. Sachte stößt er in sie hinein, verweilt, während sie ihn mit ihrem Beckenbodenmuskel verwöhnt, und flüstert immer wieder: »Ist das schön mit dir.« Als er gekommen ist, rollt er von ihr herunter, umarmt sie fest und schweigt. Alexandra streichelt ihn behutsam und bedeutet ihm, dass sie noch keinen Orgasmus hatte. »Soll ich wieder …«, beginnt er.

»Nein, lass mal, ich mache mir das selbst schön und du kannst zuschauen.«

Er beobachtet und streichelt sie, bekommt erneut eine Erektion. »Das habe ich noch nie gesehen. Lass mich das zu Ende bringen.« Sein Finger gleitet über ihre Klitoris, als hätte er das schon oft getan. Endlich kann sie sich entladen. »Würdest du mir auch zuschauen?«

»Ja, dann weiß ich, wie du es gern hast.«

Er beginnt an der Stelle, die Eichel und Schaft verbindet, zu reiben. Nicht wie andere von ihr beobachtete Männer zieht er die Vorhaut hoch und runter, sie bleibt unten. Alexandra streichelt seine Hoden, kommt an die Stelle, die zum After führt, und fragt, ob sie weitergehen kann. Er presst ein »Ja« heraus. Sie schmiert ihm Gleitgel an den After, gleitet mit dem Finger hinein und findet seine Prostata, die sie sanft und rhythmisch streichelt. Als sie den Ort verlassen will, bittet er sie, ihn rund um den After zu massieren, da wäre er am empfindlichsten. Das tut er mit einem lauten Stöhnen kund, gleichzeitig ejakuliert er. Alexandra fällt auf, dass das Sperma einfach so herausläuft und nicht wie bei jungen Männern herausgespritzt kommt. Es ist ihm unangenehm, dass sie beide nun mit seinem Samen versehen sind. Nach einer kurzen Pause holt er ein Handtuch zum Säubern. Alexandra kuschelt sich bei ihm ein, er lässt es geschehen.

Wieder klingelt das Handy: »He, Süße, die Zeit ist um oder will er verlängern?«

Heiner hört das und nickt.

»Denk an die Kohle, ich rufe in einer Stunde wieder an.« Alexandra fühlt sich unwohl.

»Ich hole uns noch einen Wein und dann lese ich dir wieder aus dem ›Kleinen Prinzen‹ vor.« Alexandra liegt mit dem Kopf auf seinem Bauch und hört sich die Geschichte vom Laternenanzünder an.

Diesmal duschen sie zusammen und Heiner sucht immer wieder ihre Nähe. Als sie angezogen sind, überreicht er ihr einen Briefumschlag, wieder ist eine Grafik auf dem Kuvert, eine Dame mit Zigarette im Kaffeehaus sitzend. Später wird sie erfahren, dass diese künstlerischen Arbeiten sehr wertvoll und von einer bekannten Grafikerin sind.

Beim Abschied schaut Heiner sie lange an, zieht sie dann an sich und behält sie einige Minuten in den Armen, ohne etwas zu sagen.

Im Auto ruft Alexandra die Chefin an, meldet sich zurück.

»Hat alles mit dem Geld geklappt?«

»Ja, aber ich habe nicht in den Umschlag geguckt.«

»Na, dann mach mal!«

1000 Euro findet Alexandra und einen kurzen Gruß: »Du hast mir gezeigt, wie schön es sein kann. Danke. Wir werden uns nicht wiedersehen. Heiner.«

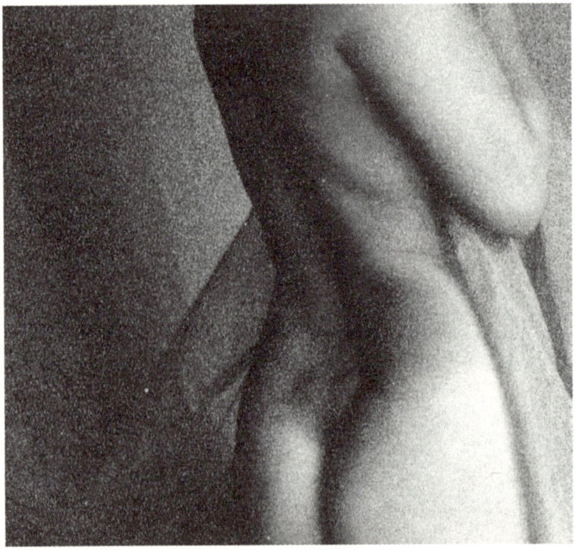

Nummer 16

Da ist wieder der dran, der dir so gern den Arsch versohlt«, meldet sich die Chefin bei Alexandra.

»Nee, du, da habe ich heute gar keinen Bock drauf, ich hatte tagelang einen roten Hintern, das kommt nicht bei allen Kunden gut an.«

»Aber er verlangt ausschließlich nach dir und legt einen Fuffi drauf, wenn du in einer Stunde da bist.«

Nicht schlecht, denkt Alexandra, der Typ war eigentlich nett, außerdem musste sie sich hinterher eingestehen, dass diese Prozeduren sie überraschenderweise doch erregt hatten. Vorher war sie nie auf die Idee gekommen, darüber nachzudenken, ob ihr solche Methoden Spaß machen würden. Ob das Sado-Maso ist? Na, er ist wohl eher ein Sado, aber ist sie eine Maso? Bisher fand sie es immer abartig, durch Demütigungen sexuelle Gefühle zu entwickeln.

Alexandra ruft kurz an und klingelt eine halbe Stunde später an der Tür des im modernen Stil neu gebauten Einfamilienhauses. Es öffnet wieder dieser extrem kleine, aber gut gebaute Mann, heute bekleidet mit einer Marineuniform aus den Achtzigern. Hemd, Schuhe, Mütze, sogar die Strümpfe – alles passend, den Dienstgrad kann Alexandra nicht erkennen. Der ist doch höchstens 1,50 Meter, schießt es ihr durch den Kopf. Gab es in der DDR eine Zwergenarmee?

Die Hände hat der Uniformierte hinter dem Rücken. Er fragt nach kurzer Begrüßung mit Lüpfen der Kopfbedeckung: »Links oder rechts?«

»Rechts«, tippt Alexandra selbstbewusst. Sein rechter Arm schnellt hervor, in der Hand hält er einen Ausklopfer wie zu Omas Zeiten; was in der Linken ist, erfährt Alexandra nicht.

»Na, wie viele sollen es denn heute sein, meine Süße?«

Sie hasst es, so genannt zu werden, wer auch immer diesen Ausdruck benutzt. Sie kann sich nicht erinnern, wie viele Schläge es das letzte Mal waren, wohl aber daran, dass die Hiebe von Schlag zu Schlag heftiger wurden, seine Lust sich – das war an seinem Schnaufen auszumachen – steigerte. »Zehn?«

»Du willst mich wohl verarschen? Es waren zwanzig. Für deine Vergesslichkeit bekommst du als Strafe noch fünf drauf. Außerdem hatte ich dir befohlen, einen Rock anzuziehen. Du gehorchst nicht, noch mal fünf – also dreißig. Hose runter.«

Alexandra gehorcht, zieht ihre Jeans bis zu den Kniekehlen herunter und bückt sich geflissentlich.

»Was sind denn das für Dinger, die du da an hast, die sehen ja aus wie Sporthöschen. Hättest du nicht einen String anziehen können? Du weißt genau, dass ich Wert auf erotische Unterwäsche lege. Das hier ist dein Job und du wirst gut bezahlt.«

»Es ging alles so schnell …«, versucht sich Alexandra zu entschuldigen und bringt ihr Oberteil automatisch noch ein Stück tiefer, sodass ihm ihr Hinterteil bei seiner Größe beinahe ins Gesicht ragt.

»Und wie heißt dein Gebieter, sprich!«

Alexandra fällt beim besten Willen der Name nicht ein. »Wolfgang?«

»Fast, Wolf, wie der böse Wolf. Du darfst mich Wölfchen nennen, besonders, wenn du dich bedankst«, riet er ihr mit tückischer Stimme. »Lass uns in die Bügelkammer gehen, nur dort werde ich richtig geil.«

Angekommen in dem kleinen tip-top aufgeräumten Raum, drückt er ihren Oberkörper auf ein Bügelbrett, zieht ihr die Schlüpfer herunter. »Oh, welch herrlicher Arsch, der wird nachher schön rot sein. Kann ich anfangen?« Alexandra nickt ergeben. Bevor Wolf zum ersten Schlag ausholt, zieht er das Jackett aus und hängt es geradezu liebevoll auf einen Bügel, dann krempelt er sich die Ärmel seines blauen Hemdes auf, ganz langsam, als wäre das ein Schauspiel. Er stellt einen Stuhl hinter Alexandra und seinen rechten Fuß darauf. Als er kurz und heiser einen Hustenlaut von sich gibt, weiß Alexandra, wie es weitergeht, es folgt ein zweimaliges Händeklatschen und dann saust der aus Gerten bestehende Teppichklopfer auf ihren nackten Hintern. Beim zweiten Mal – husten, klatschen, klatschen, schlagen – ist der Druck schon größer und er steigert sich von einem zum anderen Mal.

Was ich daran wohl gefunden habe?, fragt sie sich.

»Zehn, kleine Pause«, sagt Wolf. Er streicht behutsam erst mit den Fingern, dann mit der Zunge über ihren Po. Als er an ihrem After ankommt, wird Alexandra ganz heiß. Sie spürt, wie ihre Grotte tropfnass wird.

»Was haben wir denn da für Schleckerchen, das war doch das letzte Mal nicht so«, stellt Wolf fest. »Dreh dich um.« Er tastet sich mit seiner Zunge zu ihrem Lustberg vor. Alexandra gibt wollüstige Töne von sich und glaubt, kommen zu müssen. Er spürt es, zieht sich zurück und greift wieder nach dem

Züchtigungsgerät. Husten, klatschen, klatschen, schlagen, zehn Mal. Alexandras Hintern brennt wie Feuer. Sie wartet erregt, was danach kommt. Er klatscht ihr ein eiskaltes Etwas auf das Hinterteil, sie stöhnt vor Erleichterung. Dann beginnt er wieder zu lecken, ganz langsam kreisend. Er nähert sich ihrem Poloch, schmatzt zärtlich drum herum und beginnt, ihr seine Zunge hinzustecken. Ein Schwanz wäre mir lieber, denkt Alexandra, ist dann aber erstaunt, mit welcher Gewandtheit sich die Zunge in ihrem Inneren breitmacht, ruckartig geht sie vor und zurück, kommt heraus und wendet sich nach dem Befehl »Dreh dich um!« ihrem nun strammen Kitzler zu. Wolf nimmt ihn, so weit wie es geht, in den Mund, knabbert und bläst daran herum. Alexandras Unterleib beginnt zu zittern. Ein Zeichen, dass es bald so weit sein würde.

»Nein noch nicht, ich bin noch nicht so weit, du brauchst noch ein paar Hiebe, dann kann ich abspritzen. Nimm Stellung ein.« Als Wolf wieder hustet, muss Alexandra lachen, komische Angewohnheit. Die nächsten Schläge folgen. Alexandra spürt ihren Arsch schon gar nicht mehr, sie zählt auch nicht mehr mit, wartet genüsslich auf das Ende. »Zehn«, sagt er, »ich brauche noch zwei«. Doch schon nach dem ersten Schlag hört Alexandra die Worte »Was für ein schönes rotes Stück«, dann ein

Stöhnen, sein Ejakulat landet auf ihrem Hintern und brennt.

»Wie sagt das liebe Mädchen?«

»Danke, Wölfchen«, bringt Alexandra hervor.

»Fein gemacht«, dafür lecke ich dich jetzt bis zum Orgasmus. Sie wendet ihm ihr Gesicht zu und er beginnt, Alexandras Klitoris mit geübten Bewegungen zu umkreisen. Doch der Reiz ist vorbei, bei ihr passiert nichts mehr. Er spürt es und lässt von ihr ab. »Schade, ich hätte es dir noch gegönnt.«

»Macht nichts!«

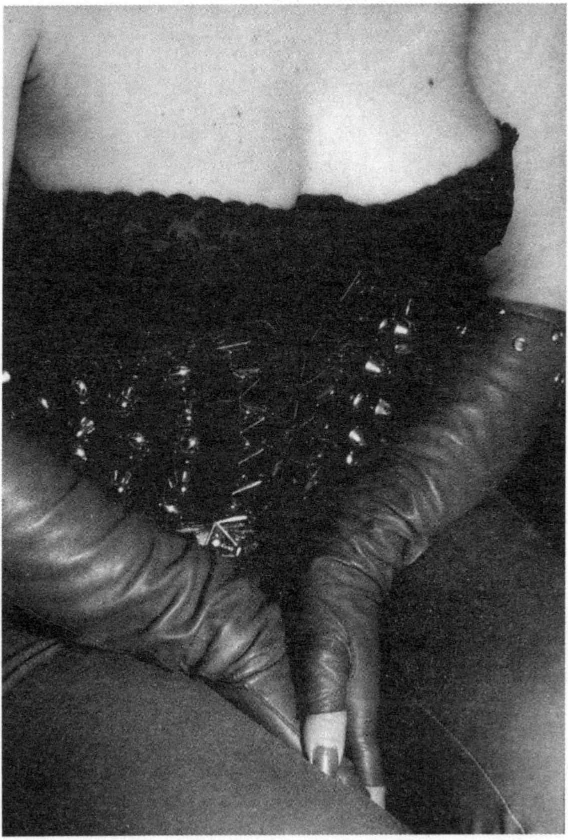

Nummer 17. SM

Alexandra geht die Geschichte mit ihrem letzten Kunden nicht aus dem Kopf. Wieso reagierte sie auf Schmerz mit Lust? Vor allem, dass diese Empfindung völlig unabhängig davon zu sein scheint, ob ihr der Mann gefällt oder nicht, erstaunt sie. Zu dem kleinen Uniformierten fühlte sie sich absolut nicht hingezogen. Was passierte da mit ihr? Wie ist das möglich? Verlangt es sie nach weiteren Erfahrungen damit? Das will und muss sie jetzt wissen. »Lustschmerz« führt sie bei der Recherche im Internet zu »Endorphin«. Endorphin ist ein körpereigenes Opiat, das bei Schmerzen ausgestoßen wird und zu Lustgefühlen führt. Eigentlich soll es den Schockschmerz lindern, wenn es zu einer Verwundung kommt. Das kann man also künstlich inszenieren, denkt sie, und hat keine Vorstellung davon, wie. Der Alltag geht weiter, weg sind die eigenartigen Gedanken.

Dann liest sie eine Anzeige in der Tageszeitung: »Willst du mir devot gehorchen, meine Dienerin? Dann melde dich bei deinem Dominus. Anfängerinnen sind willkommen! Zahle gut!« Ob ich das mal ausprobiere? Wer weiß, welche neuen Möglichkeiten der Lust sich da ergeben könnten? Reizt es mich, völlig ausgeliefert zu sein? Vorstellungen davon hatte ich doch schon. Sie redet mit Agenturleiterin Barbara darüber. »Klar, mach das, wenn du willst – aber unter unserem Schutz. Wer weiß, was dich für ein Verrückter erwartet. Du kannst doch nicht einfach zu einem dir unbekannten Mann gehen und dich auspeitschen lassen! Wer sich auf diesem Gebiet vergnügt, braucht einiges Fachwissen, damit nichts schief geht. Ich regle das!«

Am nächsten Tag ruft Barbara an: »Pass auf, Alex. Der Mann ist ein Spezialist, ich habe ihn eine halbe Stunde lang ausgefragt. Er bevorzugt die softe Art, nichts mit Striemen oder Quetschen, mehr Unterwerfung. »Ob ich das kann?«, fragt sich Alexandra.

»Statt wie sonst 120 Euro kriegste 150 die Stunde, mindestens zwei sind geplant. Auf mich machte er einen souveränen Eindruck, da kann ich dich ohne schlechtes Gewissen hinschicken. Du hast es gut, willst dich sexuell neu ausprobieren und bekommst auch noch Geld dafür! Und ein Stümper ist der garantiert nicht. Hier ist seine Mail-Adresse. Er will nicht telefonieren.«

Alexandra ist hin- und hergerissen, ob sie ihrer Neugier wirklich nachgehen soll oder nicht. Ist so etwas pervers? Hat das mit ihr zu tun oder damit, dass darüber in letzter Zeit so viel zu lesen war? Zunächst fragt sie per Mail nach einer Altersbegrenzung. Gebe es nicht, es gehe nur um die Lust an sich. Was sie sich denn vorstellen könne? Sie gibt zu, keine praktischen Erfahrungen zu haben. Wo ihre Grenzen und Tabus seien? Sie weiß ja gar nicht, was sie erwartet, also kann sie nichts sagen. Im Internet findet sie ganz fürchterliche Sachen: Da wird eine Frau in eine volle Badewanne gesetzt, vorher verpasst man ihr einen Schlüpfer mit eingelassenem Dildo, der in ihren Arsch gesteckt wird. Sie muss durch einen Tauch-Atem-Schlauch unter Wasser atmen. Weiter passiert nichts. Dann kommt ihr Herrscher – das riecht sie an der Zigarre – und sagt: »Sie kommt jetzt.« Es ist aber gar nichts weiter passiert. Anschließend kriecht sie auf allen Vieren zu ihm und küsst ihm die Füße. Eigenartige kleine Filme zeigen, wie immer wieder jemandem mit einem Ausklopfer das Hinterteil verdroschen wird, kein Kommentar dazu. Das hatte sie bei dem

Uniformierten, dessen Namen sie schon wieder vergessen hat. Sie teilt dem Top – diese andere Bezeichnung für Dominus weiß sie inzwischen aus dem Internet – mit, dass sie Dinge dieser Art nicht möchte. Er schreibt zurück, dass das, was sie tun würden, eher eine Art Blümchen-SM sei gegen das, was richtige Experten tun. »Wenn du bereit bist, Schmerz in Lust umzuwandeln, es zu genießen, dich mir zu unterwerfen, dann lass uns beginnen!« Mit dem Unterwerfen hat Alexandra Probleme, sie ist eine selbstbewusste Frau, die sich nicht so schnell die Butter vom Brot nehmen lässt. Doch sie kann sich gut vorstellen, in eine Rolle zu schlüpfen, das hat sie ja auch schon bei anderen Kunden gemacht. »Schauspielerin«, wie anfangs in ihrem Agenturprofil stand, ist sie nicht, aber sie hat schon in einer Theatergruppe mitgespielt. So steht sie neben sich und reflektiert.

Sie bittet um ein Foto, eins von sich hat sie schon an den Top gesandt. Ein etwa vierzigjähriger Mann mit Dreitagebart und Zopf, er gefällt ihr auf Anhieb, dazu ein Ganzkörperfoto in glänzender schwarzer Unterwäsche, appetitlich. Und ihr erstes Schwanzfoto, beschnitten, ziemlich klein, ob erigiert oder nicht – hoffentlich nicht. Der Herrscher beginnt, ihr per Mail eine Session vorzuschlagen, alles vorstellbar. Den Rest der Sitzung findet sie im

Internet und versucht es mit der Selbstzüchtigung, ein Gürtel saust mit der Schnalle auf ihren rechten Oberschenkel und hinterlässt blaue Flecken. Die rechte Hand beschäftigt sich mit ihrem Lieblingsvibrator, der mit dem Schmetterling obendrauf. Klappt alles wunderbar, als sie sich noch Peitschenhiebe vorstellt.

E-Mails hin und E-Mails her, der Gebieter wird laut eigener Auskunft immer geiler, Alexandra auch. Er spricht sie inzwischen als Dreilochstute an, fragt, ob ihre Mundvotze aufnahmebereit sei. Im Internet findet sie die passenden Toys wie Fesseln, Peitschen, Rohrstöcke, Augenbinden und eine siebenschwänzige Katze. Bei ihr zu Hause in der Kindheit hing so ein Ding an der Garderobe, Siebenriemchen genannt. Nur zum Spaß wurde damit gedroht. Ob und bei wem es angewandt wurde, weiß sie bis heute nicht. Nippelklammern werden angeboten, mit Schrauben verstellbar – zur Regulierung des Schmerzes. Das probiert sie doch gleich mit den häuslichen Plaste-Wäscheklammern aus. Und siehe da, der Schmerz führt sie bei der Selbstbefriedigung schnell zum Orgasmus. Nun ist sie überzeugt, dass sie es wirklich genau wissen will. Inzwischen kennt sie auch einige ihrer Tabus, teilt sie mit, es herrscht Übereinstimmung. Was sie besonders gern möchte, hat sie jedoch noch nicht herausgefunden. Sie entscheidet sich für einen vaginalen Orgasmus, weil sie das für eine Legende hält. Zustimmung ihres Gebieters. Er will ihr auf alle Fälle ihre drei Löcher stopfen und einmal in ihrer Mundvotze kommen, weitere Verteilungen des herrschaftlichen Saftes will er beim Spiel entscheiden. Und sie solle ihm unbedingt das Codewort schicken – wegen der Sicherheit.

Dienstagabend um 19.00 Uhr in einem der teuersten Hotels der Stadt. Sie soll diskret (ihretwegen) den Treppenaufgang (der Lift kann nur mit Zimmerkarte benutzt werden) neben dem Eingang benutzen oder sich über das Parkdeck einschleichen. »Ich, Dienstbotengang?« Sie teilt ihm mit, dass sie in der Hotelhalle warte und nicht die Höhle des Löwen betreten werde, bevor sie ihn gesehen habe. Außerdem könnte ja sonstwer im Zimmer auf sie lauern. Mit der Agentur ist alles abgesprochen.

Er schlägt den Hoteleingang vor. Was sie erwartet, entspricht ihren Vorstellungen. Doch, dieser hochgewachsene Mann spricht sie an. Safrangelbe Jeanshose, lässige Lederjacke, ungewöhnliche Leinentasche über der Schulter, aus der er sofort eine kleine durchsichtige Plastetüte mit der vereinbarten Summe nimmt und ihr mit einer angedeuteten Verbeugung übergibt. Zaudernd schaut er sie an. Alexandra bedeutet ihm, dass sie zusammen gehen wollen, höflich lässt er sie zuerst eintreten, hält die Türen auf und nimmt ihr später auch den Mantel ab. Auf geht's.

Eigenartigerweise hat Alexandra nicht die geringste Angst, sie ist souverän. Jan, wie er sich nennt – seine echten Daten hat sie schnell herausgefunden – scheint verunsichert zu sein, den Eindruck hatte sie schon bei einem kurzen Telefonat. Er ist Leiter einer Einrichtung. Sie wundert sich über seine Unsicherheit. Kurzer Plausch. In den Mails hat er nichts über sich verraten, außer, dass seine Partnerin sehr prüde sei.

Alexandra erzählt aus ihrem Leben, sie übertreibt etwas, um sich interessant zu machen. Der gewünschte Cremant wird gereicht, Alexandra raucht ausnahmsweise eine Zigarette mit und sitzt auf dem Teppichfußboden.

»Kommen wir zur Sache«, so Alexandra. Sie hat die Regieanweisungen vergessen.

»Knie vor mir nieder. Pack meinen Schwanz aus und begrüße die Eichel mit einem Kuss.« Alexandra leckt ein bisschen an ihm herum, es wird nichts beanstandet. Das Teil steht nur wenig. »Deine Bekleidung liegt im Bad, zieh dich an!« Drei Latexteile: Bodyartiges Oberteil mit Strapsen, Brüste sind ausgespart. Strümpfe, lange Handschuhe. Sie denkt, diese Dinger kriegt sie nie an, so schwer lassen sie sich überziehen, sie pudert ordentlich hinein und bekommt vor dem Spiegel einen Lachanfall. Die Kleidungsstücke sind wie eine zweite Haut und stören nicht, machen sie aber auch nicht an. Als sie fertig ist, sagt sie das ihrem Gebieter. Er kommt. Sie soll in seinem Beisein pullern, damit der Harndrang beim Spiel nicht stört, das macht sie ohne Bedenken. Dann duscht er ihr Geschlechtsteil in der Badewanne ab und leckt es. Da kommen Gefühle auf. Beim Aussteigen aus der Wanne rutscht sie mit den eigenartigen Gummistrümpfen aus. Sofort fängt er sie auf und geleitet sie vorsichtig. Nun werden, wie er sagt, »als Zeichen der Unterwürfigkeit«, Halsband und Leine angelegt, die Augen werden verbunden und sie muss mit der Gerte quer im Mund auf allen Vieren durchs Zimmer kriechen. Zur Begrüßung sollen die Eier geleckt werden, wobei Alexandra noch nie wusste, welche Art körperliche Befriedigung Männer dabei erleben. Sie macht es einfach. Ein komischer Geruch ist da – wie parfümierte Pilze. Jetzt ist der Schwanz dran. Alexandra gibt sich Mühe. Die Furche zwischen Eichel und Schaft ist durch die Beschneidung gut zu spüren. Also setzt sie da an, keine Reaktion. Gut, lutschen, umkreisen, lecken, nichts rührt sich. Halbmast. »Was mache ich verkehrt?« Der Dominus legt sie aufs Bett, versieht jeden Unterarm mit einer Art

Fesselmanschette. Mit einem weiteren Klettverschluss werden ihre Arme an den Beinen fixiert. Alexandra stört das nicht. Sie hat nicht das Gefühl, dass sie in ihren Bewegungen eingeschränkt ist. Es stellt sich auch kein Gefühl von Unterwürfigkeit ein. Der Dom beginnt, zunächst mit Fingern, dann mit der Zunge ihr Lustzentrum so zu stimulieren, dass sie in eine Art leichten Dauerorgasmus gerät. Besonders, wenn seine Zunge langsam und sacht über die Klitoris streicht. Immer, wenn sie kurz davor ist, bricht er ab. Das reizt sie bis zum Gehtnichtmehr. Zwischendurch streichelt er ihren Körper mit Druck lange und ausgiebig – sie ist diesmal froh, dass ihre altersbedingten Unebenheiten durch die Verkleidung nicht zu sehen sind. Er küsst an ihren Brustwarzen – inzwischen versehen mit den landesüblichen Dingern, die man zum Wäscheaufhängen verwendet – herum, sagt, er steigere jetzt ihren Schmerz. Alexandra empfindet es kaum als Schmerzintensivierung. Doch als er sich wieder ihrem liebsten Teil zuwendet, hält sie es nicht mehr aus und explodiert. Sie möchte ihn gern umarmen, aber es bleiben ihr nur die latexummantelten Füße. Er hatte behauptet, dass ihr Höhepunkt auch seiner sei, er orgasmiere gleichzeitig. Alexandra bemerkt nichts davon, kann ja auch nichts sehen. Ein Weilchen passiert nichts –

gar nichts. Alexandra summt vor sich hin, wie sie es meistens tut, wenn es ihr gut geht. Das wird später beanstandet, es habe ihn verwirrt. Sie ist sich dieser Laute nur wenig bewusst.

Die nächste Runde ist die der Vibratoren. Ca. fünf verschiedene Kaliber wandern in Alexandras Pussy (Ausdruck des Doms). Alexandra liegt gelangweilt und sprachlos da. Erst ein ganz kleines vibrierendes Etwas, eingesetzt an ihrer Klitoris, bringt sie auf Hochtouren. Der Dom entfernt sich, sie spürt nach dem Zurückkommen leichte Schläge mit einer Gerte, dann mit einer Peitsche, auf Arme, Beine, hin und wieder auf das Geschlechtsteil. Er versucht, ihr Klemmen an den Schamlippen anzubringen, was er aber nicht hinkriegt, es schmerzt sie nicht. Sie gibt keinen Ton von sich, für sie ist das eine Spielerei. Er löst die Fesselmanschetten. »Knie dich hin!«, kommt ein gepresst klingender Befehl. Sie tut das, weiß aber nicht, wo er ist, verheddert sich in der Hundeleine. Er steht vor dem Bett. Nochmal das Spiel mit dem Eierlecken und dem Schwanz verwöhnen. Diesmal wird der Penis etwas größer. Sie darf sich wieder hinlegen und er reibt seine inzwischen in ein Kondom verpackte Eichel an ihrer Klitoris. Immer, wenn es Alexandra besonders gut gefällt – sie bedeutet das durch Stöhnen und Worte – hat schon einen ganz trockenen Mund davon – hört er auf. Schließlich bekommt er den leicht krummen Ständer doch in ihre Spalte. Alexandra drückt fest zu mit ihrer Beckenbodenmuskulatur. Ein kurzes Schnaufen und Stöhnen, raus ist er wieder. War da was? Wie geht das hier weiter?

Der Top löst ihre »Fesseln« und sagt: »Das Spiel ist zu Ende!« – Unspektakulär. Alexandra geht ins Bad, um ihre Latex-Dinger auszuziehen. Dabei muss er ihr helfen.

»Bist du jetzt noch mein Herr?«, fragt sie scheinheilig. Gemeinsame Zigarette. Kuss auf geschlossenen Mund.

Die Liebesleben-Reihe im *konkursbuch* Verlag

Erotische Romane & Erzählungen.
Geschichten aus dem realen Leben.

Gabi Pertus, Lust in der Mitte

Gesprächsprotokolle, 240 S.,4. Aufl. 2012,
ISBN 978-3-88769-369-5

Wie gestalten sich Sexualität und Liebe in der Mitte des Lebens? Offen und ehrlich berichten sehr unterschiedliche Menschen über 50 von ihrem Liebesleben. »Sie zeigen kein retuschiertes, beschönigendes, sondern ein authentisches Bild gelebter Sexualität, sie zeigen, wie sich das Liebesleben einer Generation entwickelt hat und heute gestaltet.«
(Norddeutsche Neueste Nachrichten)

»Lust, Liebe und Leben – auch als Protokolle sind sie fesselnd, wie Gabi Pertus in ihrem Sachbuch unter Beweis stellt. Frauen und Männer von 50 Jahren an, Hetero- wie Homosexuelle, Gutsituierte und Obdachlose, Berufstätige und Rentner aus ganz Deutschland gewähren einen Blick in ihr Innerstes und ihre ganz persönlichen Lebensumstände. Es ist eine geballte Portion Lebenserfahrung, die die Interviewpartner preisgeben, mitunter aber natürlich auch mit sehr intimen Schilderungen. Ein Trend zeigt sich in dieser Sammlung deutlich: Weder Männer noch Frauen sind auf lange Sicht in der Lage, monogam zu leben. Auffällig ist auch, dass sich mehr Frauen als Männer Gabi Pertus für Interviews zur Verfügung stellten ...«
(Frauke Kaberka, Schleswig-Holstein Journal)

Ulrike Voss
Einmal im Dunklen

Erotischer Roman, 288 S., 2011, 3. Aufl. 2012,
ISBN 978-3-88769-763-1

Anna macht Urlaub auf einer kanarischen Insel. Dann wird aufgrund eines Sturms der Rückflug verschoben … In dieser Nacht, in der sie eigentlich gar nicht mehr dort gewesen wäre, ändert sich alles … Die Reise geht erst jetzt richtig los. Eine berauschende Amour Fou beginnt. Sie führt Anna nicht nur immer wieder auf die kanarischen Inseln, sondern auch weit zurück in ihre Vergangenheit und an ihre Grenzen. Lässt sich mitten im Leben ein neues beginnen?

Phoebe Müller
Gejagte

Erotischer Roman, 224 S.,2012, 2. Aufl. 2013,
ISBN 978-3-88769-773-0

Eine Frau versucht, ihrem Leeregefühl zu entkommen. Sie bricht aus einer glücklichen Beziehung und dem Leben im schicken In-Viertel ihrer Stadt aus, stürzt sich in sexuelle Obsessionen, verliert sich mehr und mehr, wohin kann dieser Weg sie führen? »Atmosphärisch skizziert …« (Stuttgarter Zeitung) »Neben den erotischen Klassikern von de Sade und ein paar wenigen anderen Werken hat ›Gejagte‹ das Recht, nach der Lektüre im Regal zu überleben. Erotik mit Kick und Amüsement!« (Inka-Stadtmagazin) »Die Autorin bedient sich einer Sprache, die bei aller Direktheit auch Stimmungen und Zwischentöne nicht außen vor lässt. Um so intensiver ist das Empfinden …« (Hersfelder Zeitung)

Impressum

PF 1621, D – 72006 Tübingen
Telefon: 0049 (0) 7071 66551 und 0049 (0) 172 7233958
Fax: 0049 (0) 7071 63539
E-Mail: office@konkursbuch.com
www.konkursbuch.com

Gerne schicken wir Ihnen auch unser gedrucktes Gesamtverzeichnis.

Gestaltung: Verlag & Freundinnen, mit Bild-Ausschnitten aus erotischen Porträts, erschienen im Fotobuch »Sechzig plus« von Anja Müller. Covermotiv von Anja Müller; die fotografierte Frau ist nicht die Frau, die erzählt. Bild auf S. 177 von Claude Alexandre.

ISBN: 978-3-88769-784-6